集英社文庫

捕物小説名作選 一

池波正太郎・選

日本ペンクラブ編

集英社版

本書は、小社より集英社文庫として刊行された『捕物小説名作選』（一九八〇年五月）を、再刊にあたり再編集し二分冊いたしました。

目次

捕物小説名作選二・目次

捕物小説名作選 一

半七捕物帳
お文の魂

岡本綺堂

（一八七二・一〇～一九三九・三）東京生れ。劇作家、小説家、劇評家。東京府立第一中学を卒業後、東京日日新聞の編集見習を経て、東京新聞に入社。この頃より戯曲を執筆。「修禅寺物語《しゆぜんじものがたり》」が明治座で初演され、好評を博し、新時代劇の作家として注目をあびた。以後「亜米利加《アメリカ》の使《つかい》」「貞任宗任《さだとうむねとう》」「品川《しながわ》の台場」「鳥辺山心中《とりべやましんじゆう》」「番《ばん》町《ちょう》皿《さら》屋敷《やしき》」等の作品を次々と発表、作家活動に専念する。昭和一二年帝国芸術院会員。「半七捕物帳《はんしちとりものちよう》」巻の一「お文《ふみ》の魂」は「文芸倶楽部《クラブ》」（大六・二）に掲載され、平和出版社刊『半七捕物帳』（大六・七）に収録されている。

一

わたしの叔父は江戸の末期に生まれたので、その時代に最も多く行なわれた化け物屋敷の不入《いらず》の間や、嫉《ねた》み深い女の生霊《いきりょう》や、執念深い男の死霊や、そうしたたぐいの陰惨な幽怪な伝説をたくさんに知っていた。しかも叔父は「武士たるものが妖《よう》怪《かい》などを信ずべきものでない」という武士的教育の感化から、一切これを否認しようと努めていたらしい。その気風は明治以後になっても失《う》せなかった。わたし達が子供のときに何か取り留めのない化け物話などを始めると、叔父はいつでも苦《にが》い顔をして碌々《ろくろく》相手にもなってくれなかった。

その叔父がただ一度こんなことを云《い》った。

「しかし世の中には解らないことがある。あのおふみの一件なぞは……」

おふみの一件が何であるかは誰も知らなかった。叔父も自己の主張を裏切るような、この不可解の事実を発表するのが如何《いか》にも残念であったらしく、その以上には何も秘密を洩《も》らさなかった。父に訊《き》いても話してくれなかった。併《しか》しその事件の蔭《かげ》にはKのおじさんが潜んでいるらしいことは、叔父の口ぶりに因《よ》ってほぼ想像されたので、わたしの稚《おさな》い好奇心はとうとう私を促してKのおじさんのところへ奔《はし》らせた。わたしはその時まだ十二であった。Kのおじさんは、肉縁の叔父ではない。父が明治以前から交際しているので、わたしは稚い時からこの人をおじさんと呼び慣《なら》わしていたのである。

わたしの質問に対して、Kのおじさんも満足な返答をあたえてくれなかった。

「まあ、そんなことはどうでもいい。つまらない化け物の話なんぞすると、お父さんや叔父さんに叱《しか》られる」

ふだんから話し好きのおじさんも、この問題については堅く口を結んでいるので、わたしも押し返して詮索《せんさく》する手がかりが無かった。学校で毎日のように物理学や数学をどしどし詰め込まれるのに忙しい私の頭からは、おふみという女の名も次第に煙のように消えてしまった。それから二年ほど経《た》って、なんでも十一月の末であったと記憶している。わたしが学校から帰る頃から寒い雨がそぼそぼと降り出して、日が暮れる頃には可《か》なり強い降りになった。Kのおばさんは近所の人に誘われて、きょうは午前《ひるまえ》から新富座《しんとみざ》見物に出かけた筈《はず》である。

「わたしは留守番だから、あしたの晩は遊びにおいでよ」と前の日にKのおじさんが云った。わたしはその約束を守って、夕飯を済ますとすぐにKのおじさんをたずねた。Kの家はわたしの家から直径にして四町ほどしか距《はな》れていなかったが、場所は番町《ばんちょう》で、その頃には江戸時代の形見という武家屋敷の古い建物がまだ取り払われずに残っていて、晴れた日にも何だか陰《かげ》ったような薄暗い町の影を作っていた。雨のゆうぐれは殊にわびしかった。Kのおじさんも或《あ》る大名屋敷の門内に住んでいたが、おそらくその昔は家老とか用人《ようにん》とかいう身分の人の住居であったろう。ともかくも一軒建てになっていて、小さい庭には粗《あら》い竹垣が結いまわしてあった。

Kのおじさんは役所から帰って、もう夕飯をしまって、湯から帰っていた。おじさんは私を相手にして、ランプの前で一時間ほども他愛《たわい》もない話などをしていた。時々に雨戸をなでる庭の八つ手の大きい葉に、雨音がぴしゃぴしゃときこえるのも、外の暗さを想《おも》わせるような夜であった。柱にかけてある時計が七時を打つと、おじさんはふと話をやめて外の雨に耳を傾けた。

「だいぶ降って来たな」

「おばさんは帰りに困るでしょう」

「なに、人力車《くるま》を迎いにやったからいい」

こう云っておじさんは又黙って茶を喫《の》んでいたが、やがて少しまじめになった。

「おい、いつかお前が訊いたおふみの話を今夜聞かしてやろうか。化け物の話はこういう晩がいいもんだ。しかしお前は臆病《おくびょう》だからなあ」

実際わたしは臆病であった。それでも怖い物見たさ聞きたさに、いつも小さいからだを固くして一生懸命に怪談を聞くのが好きであった。殊に年来の疑問になっているおふみの一件を測《はか》らずもおじさんの方から切り出したので、わたしは思わず眼《め》をかがやかした。明るいランプの下ならどんな怪談でも怖くないというふうに、わざと肩をそびやかしておじさんの顔をきっとみあげると、しいて勇気をよそおうような私の子供らしい態度が、おじさんの眼にはおかしく見えたらしい。彼はしばらく黙ってにやにや笑っていた。

「そんなら話して聞かせるが、怖くって家《うち》へ帰られなくなったから、今夜は泊めてくれなんて云うなよ」

まずこう嚇《おど》して置いて、おじさんはおふみの一件というのをしずかに話し出した。

「わたしが丁度二十歳《はたち》の時だから、元治《げんじ》元年――京都では蛤御門《はまぐりごもん》のいくさがあった年のことだと思え」と、おじさんは先《ま》ず冒頭《まくら》を置いた。

その頃この番町に松村彦太郎《まつむらひこたろう》という三百石の旗本が屋敷を持っていた。松村は相当に学問もあり、殊に蘭学《らんがく》が出来たので、外国掛《がいこくがかり》の方へ出仕《しゅっし》して、ちょっと羽振りの好い方であった。その妹のお道《みち》というのは、四年前に小石川西江戸川端《こいしかわにしえどかわばた》の小幡《おばた》伊織《いおり》という旗本の屋敷へ縁付いて、お春《はる》という今年三つの娘までもうけた。

するとある日のことであった。そのお道がお春を連れて兄のところへ訪ねて来て、「もう小幡の屋敷にはいられませんから、暇を貰《もら》って頂きとうございます」と、突然に飛んだことを云い出して、兄の松村をおどろかした。兄はその仔細《しさい》を聞きただしたが、お道は蒼《あお》い顔をしているばかりで何も云わなかった。

「云わないで済むわけのものでない。その仔細をはっきりと云え。女が一旦《いったん》他家へ嫁入りをした以上は、むやみに離縁なぞすべきものでも無し、されるべき筈のものでもない。唯《ただ》だしぬけに暇を取ってくれでは判らない。その仔細をよく聞いた上で、兄にも成程と得心《とくしん》がまいったら、また掛け合いのしようもあろう。仔細を云え」

この場合、松村でなくても、まずこう云うよりほかはなかったが、お道は強情に仔細を明かさなかった。もう一日もあの屋敷にはいられないから暇を貰ってくれと、ことし二十一になる武家の女房が、まるで駄々っ子のように、ただ同じことばかり繰り返しているので、堪忍《かんにん》強い兄もしまいには焦《じ》れ出した。

「馬鹿、考えてもみろ、仔細も云わずに暇を貰いに行けると思うか。また、先方でも承知すると思うか。きのうや今日《きょう》嫁に行ったのでは無し、もう足掛け四年にもなり、お春という子までもある。舅小姑《しゅうとこじゅうと》の面倒があるでは無し、主人の小幡は正直で物柔らかな人物。小身《しょうしん》ながらも無事に上《かみ》の御用も勤めている。なにが不足で暇を取りたいのか」

叱っても諭《さと》しても手応《てごた》えがないので、松村も考えた。よもやとは思うものの世間にためしが無いでもない。小幡の屋敷には若い侍がいる。近所となりの屋敷にも次三男の道楽者がいくらも遊んでいる。妹も若い身空であるから、もしや何かの心得違いでも仕出来《しでか》して、自分から身をひかなければならないような破滅に陥ったのではあるまいか。こう思うと、兄の詮議《せんぎ》はいよいよ厳重になった。どうしてもお前が仔細を明かさなければ、おれの方にも考えがある。これから小幡の屋敷へお前を連れて行って、主人の眼の前で何もかも云わしてみせる。さあ一緒に来いと、襟髪《えりがみ》を取らぬばかりにして妹を引き立てようとした。

兄の権幕があまり激しいので、お道もさすがに途方に暮れたらしく、そんなら申しますと泣いてあやまった。それから彼女が泣きながら訴えるのを聞くと、松村はまた驚かされた。

事件は今から七日前、娘のお春が三つの節句の雛《ひな》を片付けた晩のことであった。お道の枕《まくら》もとに散らし髪の若い女が真っ蒼な顔を出した。女は水でも浴びたように、頭から着物までびしょ濡《ぬ》れになっていた。その物腰は武家の奉公でもしたものらしく、行儀よく畳に手をついてお辞儀していた。女はなんにも云わなかった。また別に人をおびやかすような挙動も見せなかった。ただ黙っておとなしく其処《そこ》にうずくまっているだけのことであったが、それが譬《たと》えようもないほどに物凄《ものすご》かった。お道はぞっとして思わず衾《よぎ》の袖《そで》にしがみ付くと、おそろしい夢は醒《さ》めた。

これと同時に、自分と添い寝をしていたお春もおなじく怖い夢にでもおそわれたらしく、急に火の付くように泣き出して、「ふみが来た、ふみが来た」と、つづけて叫んだ。濡れた女は幼い娘の夢をも驚かしたらしい。お春が夢中に叫んだふみというのは、おそらく彼女の名であろうと想像された。

お道はおびえた心持で一夜を明かした。武家に育って武家に縁付いた彼女は、夢のような幽霊ばなしを人に語るのを恥じて、その夜の出来ごとは夫にも秘していたが、濡れた女は次の夜にも、又その次の夜にも彼女の枕もとに真っ蒼な顔を出した。そのたびごとに幼いお春も「ふみが来た」と同じく叫んだ。気の弱いお道はもう我慢が出来なくなったが、それでも夫に打ちあける勇気はなかった。

こういうことが四晩もつづいたので、お道も不安と不眠とに疲れ果ててしまった。恥も遠慮も考えてはいられなくなったので、とうとう思い切って夫に訴えると、小幡は笑っているばかりで取り合わなかった。しかし濡れた女はその後もお道の枕辺を去らなかった。お道がなんと云っても、夫は受け付けてくれなかった。しまいには「武士の妻にもあるまじき」というような意味で、機嫌を悪くした。

「いくら武士でも、自分の妻が苦しんでいるのを、笑って観《み》ている法はあるまい」

お道は夫の冷淡な態度を恨むようになって来た。こうした苦しみがいつまでも続いたら、自分は遅かれ速かれ得体の知れない幽霊のために責め殺されてしまうかも知れない。もうこうなったら娘をかかえて一刻《いっとき》も早くこんな化け物屋敷を逃げ出すよりほかあるまいと、お道はもう夫のことも自分のことも振り返っている余裕がなくなった。

「そういう訳でございますから、あの屋敷にはどうしてもいられません。お察し下さい」

思い出してもぞっとすると云うように、お道はこの話をする間にも時々に息を嚥《の》んで身をおののかせていた。そのおどおどしている眼の色がいかにも偽りを包んでいるようには見えないので、兄は考えさせられた。

「そんな事がまったくあるかしらん」

どう考えても、そんなことが有りそうにも思われなかった。小幡が取り合わないのも無理はないと思った。松村も「馬鹿をいえ」と、頭から叱りつけてしまおうかとも思ったが、妹がこれほどに思い詰めているものを、唯いちがいに叱って追いやるのも何だか可哀《かわい》そうのようでもあった。殊に妹はこんなことを云うものの、この事件の底にはまだほかに何かこみいった事情がひそんでいないとも限らない。いずれにしても小幡に一度逢《あ》った上で、よくその事情を確かめてみようと決心した。

「お前の片口《かたくち》ばかりでは判らん。ともかくも小幡に逢って、先方の料簡《りょうけん》を訊いてみよう、万事はおれに任しておけ」

妹を自分の屋敷に残して置いて、松村は草履取《ぞうりと》り一人を連れて、すぐ西江戸川端に出向いた。

二

小幡の屋敷へゆく途中でも松村はいろいろに考えた。妹はいわゆる女子供のたぐいで、もとより論にも及ばぬが、自分は男一匹、しかも大小をたばさむ身の上である。武士と武士との掛け合いに、真顔になって幽霊の講釈でもあるまい。松村彦太郎、好い年をして馬鹿な奴《やっ》だと、相手に腹を見られるのも残念である。なんとか巧《うま》い掛け合いの法はあるまいかと工夫を凝らしたが、問題があまり単純であるだけに、横からも縦からも話の持って行きようがなかった。

西江戸川端の屋敷には主人の小幡伊織が居合わせて、すぐに座敷に通された。時候の挨拶《あいさつ》などを終っても、松村は自分の用向きを云い出す機会をとらえるのに苦しんだ。どうで笑われると覚悟をして来たものの、さて相手の顔をみると、どうも幽霊の話は云い出しにくかった。そのうちに小幡の方から口を切った。

「お道はきょう御屋敷へ伺いませんでしたか」

「まいりました」とは云ったが、松村はやはり後の句が継げなかった。

「では、お話し申したか知らんが、女子供は馬鹿なもので、なにかこのごろ幽霊が出るとか申して、ははははは」

小幡は笑っていた。松村も仕方がないので一緒に笑った。しかし、笑ってばかりいては済まない場合であるので、彼はこれを機《しお》に思い切っておふみの一件を話した。話してしまってから彼は汗を拭《ふ》いた。こうなると、小幡も笑えなくなった。かれは困ったように顔をしかめて、しばらく黙っていた。単に幽霊が出るというだけの話ならば、馬鹿とも臆病とも叱っても笑っても済むが、問題がこう面倒になって兄が離縁の掛け合いめいた使に来るようでは、小幡もまじめになってこの幽霊問題を取り扱わなければならないことになった。

「なにしろ一応詮議して見ましょう」と小幡は云った。彼の意見としては、もしこの屋敷に幽霊が出る——俗にいう化け物屋敷であるならば、こんにちまでに誰かその不思議に出逢ったものが他にあるべき筈である。現に自分はこの屋敷に生まれて二十八年の月日を送っているが、自分は勿論《もちろん》のこと、誰からもそんな噂《うわさ》すら聞いたことがない。自分が幼少のときに別れた祖父母も、八年前に死んだ父も、六年前に死んだ母も、かつてそんな話をしたこともなかった。それが四年前に他家から縁付いて来たお道だけに見えるというのが、第一の不思議である。たとい何かの仔細があって、特にお道だけに見えるとしても、ここへ来てから四年の後に初めて姿をあらわすというのも不思議である。しかしこの場合、ほかに詮議のしようもないから、差し当っては先ず屋敷じゅうの者どもを集めて問いただしてみようというのであった。

「なにぶんお願い申す」と、松村も同意した。小幡は先ず用人の五左衛門《ござえもん》を呼び出して調べた。かれは今年四十一歳で譜代《ふだい》の家来であった。

「先《せん》殿様の御代《おだい》から、かつて左様な噂を承ったことはござりませぬ。父からも何の話も聞き及びませぬ」

彼は即座に云い切った。それから若党《わかとう》や中間《ちゅうげん》どもを調べたが、かれらは新参の渡り者で、勿論なんにも知らなかった。次に女中共も調べられたが、かれらは初めてそんな話を聞かされて唯ふるえ上がるばかりであった。詮議はすべて不得要領に終った。

「そんなら池を浚《さら》ってみろ」と、小幡は命令した。お道の枕辺にあらわれる女が濡れているというのを手がかりに、或《ある》いは池の底に何かの秘密が沈んでいるのではないかと考えられたからであった。小幡の屋敷には百坪ほどの古池があった。

あくる日は大勢の人足をあつめて、その古池の掻掘《かいぼり》をはじめた。小幡も松村も立ち会って監視していたが、鮒《ふな》や鯉《こい》のほかには何の獲物もなかった。泥の底からは女の髪一と筋も見付からなかった。女の執念の残っていそうな櫛《くし》やかんざしのたぐいも拾い出されなかった。小幡の発議で更に屋敷内の井戸をさらわせたが、深い井戸の底からは赤い泥鰌《どじょう》が一匹浮かび出て大勢を珍しがらせただけで、これも骨折り損に終った。

詮議の蔓《つる》はもう切れた。

今度は松村の発議で、忌《いや》がるお道を無理にこの屋敷へ呼び戻して、お春と一緒にいつもの部屋に寝かすことにした。松村と小幡とは次の間に隠れて夜の更けるのを待っていた。

その晩は月の陰《くも》った暖かい夜であった。神経の興奮し切っているお道は、とても安らかに眠られそうもなかったが、なんにも知らない幼い娘はやがてすやすやと寝ついたかと思うと、忽《たちま》ち針で眼球《めだま》でも突かれたようにけたたましい悲鳴をあげた。そうして「ふみが来た、ふみが来た」と、低い声で唸《うな》った。

「そら、来た」

待ち構えていた二人の侍は押っ取り刀でやにわに襖《ふすま》をあけた。閉め込んだ部屋のなかには春の夜のなまあたたかい空気が重く沈んで、陰ったような行燈《あんどん》の灯はまたたきもせずに母子《おやこ》の枕もとを見つめていた。外からは風さえ流れ込んだ気配が見えなかった。お道はわが子を犇《ひし》と抱きしめて、枕に顔を押しつけていた。

現在にこの生きた証拠を見せつけられて、松村も小幡も顔を見合わせた。それにしても自分たちの眼にも見えない闖入者《ちんにゅうしゃ》の名を、幼いお春がどうして知っているのであろう。それが第一の疑問であった。小幡はお春をすかしていろいろに問いただしたが、年弱《としよわ》の三つでは碌々に口もまわらないので、ちっとも要領を得なかった。濡れた女はお春の小さい魂に乗りうつって、自分の隠れた名を人に告げるのではないかとも思われた。刀を持っていた二人もなんだか薄気味が悪くなって来た。

用人の五左衛門も心配して、あくる日は市ケ谷《いちがや》で有名な売卜者《うらないしゃ》をたずねた。売卜者は屋敷の西にある大きい椿《つばき》の根を掘ってみろと教えた。とりあえずその椿を掘り倒してみたが、その結果はいたずらに売卜者の信用をおとすに過ぎなかった。

夜はとても眠れないというので、お道は昼間寝床にはいることにした。おふみもさすがに昼は襲って来なかった。これで少しはほっとしたものの、武家の妻が遊女かなんぞのように、夜は起きていて昼は寝る、こうした変則の生活状態をつづけてゆくのは甚《はなは》だ迷惑でもあり、且《かつ》は不便でもあった。なんとかして永久にこの幽霊を追いはらってしまうのでなければ、小幡一家の平和を保つことは覚束《おぼつか》ないように思われた。併しこんなことが世間に洩れては家の外聞にもかかわるというので、松村も勿論秘密を守っていた。小幡も家来どもの口を封じて置いた。それでも誰かの口から洩れたとみえて、けしからぬ噂がこの屋敷に出入りする人々の耳にささやかれた。

「小幡の屋敷に幽霊が出る。女の幽霊が出るそうだ」

蔭では尾鰭《おひれ》をつけていろいろの噂をするものの、武士と武士との交際では、さすがに面と向って幽霊の詮議をする者もなかったが、その中に唯一人、すこぶる無遠慮な男があった。それが即《すなわ》ち小幡の屋敷の近所に住んでいるKのおじさんで、おじさんは旗本の次男であった。その噂を聴くと、すぐに小幡の屋敷に押し掛けて行って、事の実否《じっぴ》を確かめた。

おじさんとは平生《へいぜい》から特に懇意にしているので、小幡も隠さず秘密を洩らした。そうして、なんとかしてこの幽霊の真相を探りきわめる工夫はあるまいかと相談した。旗本に限らず、御家人に限らず、江戸の侍の次三男などというものは、概して無役《むやく》の閑人《ひまじん》であった。長男は無論その家を嗣《つ》ぐべく生まれたのであるが、次男三男に生まれたものは、自分に特殊の才能があって新規御召出しの特典をうけるか、あるいは他家の養子にゆくか、この二つの場合を除いては、殆《ほと》ど世に出る見込みもないのであった。かれらの多くは兄の屋敷に厄介になって、大小を横たえた一人前の男がなんの仕事もなしに日を暮らしているという、一面から見れば頗《すこぶ》る呑気《のんき》らしい、また一面から見れば、頗る悲惨な境遇に置かれていた。

こういう余儀ない事情はかれらを駆って放縦《ほうじゅう》懶惰《らんだ》の高等遊民たらしめるよりほかはなかった。かれらの多くは道楽者であった。退屈しのぎに何か事あれかしと待ち構えている徒《やから》であった。Ｋのおじさんも不運に生まれた一人で、こんな相談相手に選ばれるには究竟《くっきょう》の人間であった。おじさんは無論喜んで引き受けた。

そこで、おじさんは考えた。昔話の綱《つな》や金時《きんとき》のように、頼光《らいこう》の枕もとに物々しく宿直《とのい》を仕《つかまつ》るのはもう時代おくれである。まず第一にそのおふみという女の素姓を洗って、その女とこの屋敷との間にどんな糸が繫《つな》がっているかということを探り出さなければいけないと思い付いた。

「御当家の縁者、又は召使などの中に、おふみという女の心当りはござるまいか」

この問いに対して、小幡は一向に心当りがないと答えた。縁者には無論ない。召使はたびたび出代りをしているから一々に記憶していないが、近い頃にそんな名前の女を抱えたことはないと云った。更にだんだん調べてみると、小幡の屋敷では昔から二人の女を使っている。その一人は知行所《ちぎょうしょ》の村から奉公に出て来るのが例で、ほかの一人は江戸の請宿《うけやど》から随意に雇っていることが判った。請宿は音羽《おとわ》の堺屋というのが代々の出入りであった。

お道の話から考えると、幽霊はどうしても武家奉公の女らしく思われるので、Kのおじさんは遠い知行所を後廻《あとまわ》しにして、まず手近かの堺屋から詮索に取りかかろうと決心した。小幡が知らない遠い先代の頃に、おふみという女が奉公していたことが無いとも限らないと思ったからであった。

「では、何分よろしく、しかしくれぐれも隠密《おんみつ》にな」と、小幡は云った。

「承知しました」

二人は約束して別れた。それは三月の末の晴れた日で、小幡の屋敷の八重桜にも青い葉がもう目立っていた。

三

Kのおじさんは音羽の堺屋へ出向いて、女の奉公人の出入り帳を調べた。代々の出入り先であるから、堺屋から小幡の屋敷へ入れた奉公人の名前はことごとく帳面にしるされている筈であった。

小幡の云った通り、最近の帳面にはおふみという名を見出《みいだ》すことは出来なかった。三年、五年、十年とだんだんにさかのぼって調べたが、おふゆ、おふく、おふさ、すべてふの字の付く女の名は一つも見えなかった。

「それでは知行所の方から来た女かな」

そうは思いながらも、おじさんはまだ強情に古い帳面を片端から繰ってみた。堺屋は今から三十年前の火事に古い帳面を焼いてしまって、その以前の分は一冊も残っていない。店にあらん限りの古い帳面を調べても、三十年前が行き止まりであった。おじさんは行き止まりに突きあたるまで調べ尽そうという意気込みで、煤《すす》けた紙に残っている薄墨の筆のあとを根好《こんよ》くたどって行った。

帳面はもちろん小幡家のために特に作ってあるわけではない。堺屋出入りの諸屋敷の分は一切あつめて横綴《よこと》じの厚い一冊に書き止めてあるのであるから、小幡という名を一々拾い出して行くだけでも、その面倒は容易でなかった。殊に長い年代にわたっているのであるから、筆跡も同一ではない。折れ釘《くぎ》のような男文字のなかに糸屑《いとくず》のような女文字もまじっている。殆ど仮名ばかりで小児《こども》が書いたようなところもある。その折れ釘や糸屑の混雑を丁寧に見わけてゆくうちには、こっちの頭も眼もくらみそうになって来た。

おじさんもそろそろ飽きて来た。面白ずくで飛んだ事を引き受けたという後悔の念も兆《きざ》して来た。

「これは江戸川の若旦那《わかだんな》。なにをお調べになるんでございます」

笑いながら店先へ腰を掛けたのは四十二、三の痩《や》せぎすの男で、縞《しま》の着物に縞の羽織を着て、だれの眼にも生地《きじ》の堅気《かたぎ》とみえる町人風であった。色のあさ黒い、鼻の高い、芸人か何ぞのように表情に富んだ眼をもっているのが、彼の細長い顔の著しい特徴であった。かれは神田《かんだ》の半七《はんしち》という岡《おか》っ引《ぴき》で、その妹は神田の明神下《みょうじんした》で常磐津《ときわず》の師匠をしている。Kのおじさんは時々その師匠のところへ遊びにゆくので、兄の半七とも自然懇意になった。

半七は岡っ引の仲間でも幅利きであった。しかし、こんな稼業の者にはめずらしい正直な淡泊《あっさり》した江戸っ子風の男で、御用をかさに着て弱い者をいじめるなどという悪い噂は、かつて聞えたことがなかった。彼は誰に対しても親切な男であった。

「相変らず忙しいかね」と、おじさんは訊いた。

「へえ。きょうも御用でここへちょっとまいりました」

それから二つ三つ世間話をしている間に、おじさんは不図《ふと》かんがえた。この半七ならば秘密を明かしても差支えはあるまい、いっそ何もかも打明けて彼の知恵を借りることにしようかと思った。

「御用で忙しいところを気の毒だが、少しお前に聞いて貰いたいことがあるんだが……」と、おじさんは左右を見まわすと、半七は快くうなずいた。

「なんだか存じませんが、ともかくも伺いましょう。おい、おかみさん。二階をちょいと借りるぜ。好いかい」

彼は先に立って狭い二階にあがった。二階は六畳ひと間で、うす暗い隅には葛籠《つづら》などが置いてあった。おじさんも後からつづいてあがって、小幡の屋敷の奇怪な出来事について詳しく話した。

「どうだろう。うまくその幽霊の正体を突き止める工夫はあるまいか。幽霊の身許《みもと》が判って、その法事供養でもしてやれば、それでよかろうと思うんだが……」

「まあ、そうですねえ」と、半七は首をかしげてしばらく考えていた。「ねえ、旦那。幽霊はほんとうに出るんでしょうか」

「さあ」と、おじさんも返事に困った。「まあ、出ると云うんだが……。私も見たわけじゃない」

半七はまた黙って煙草《タバコ》をすっていた。

「その幽霊というのは武家の召使らしい風をして、水だらけになっているんですね。早く云えば皿屋敷のお菊《きく》をどうかしたような形なんですね」

「まあ、そうらしい」

「あの御屋敷では草双紙《くさぞうし》のようなものを御覧になりますか」と、半七はだしぬけに、思いも付かないことを訊いた。

「主人は嫌いだが、奥では読むらしい。じきこの近所の田島屋という貸本屋が出入りのようだ」

「あのお屋敷のお寺は……」

「下谷《したや》の浄円寺《じょうえんじ》だ」

「浄円寺……。へえ、そうですか」と、半七はにっこり笑った。

「なにか心当りがあるかね」

「小幡の奥様はお美しいんですか」

「まあ、いい女の方だろう。年は二十一だ」

「そこで旦那。いかがでしょう」と、半七は笑いながら云った。「お屋敷方の内輪《うちわ》のことに、わたくしどもが首を突っ込んじゃあ悪うございますが、いっそこれはわたくしにお任せ下さいませんか。二、三日の内にきっと埒《らち》をあけてお目にかけます。勿論、これはあなたとわたくしだけのことで、決して他言は致しませんから」

Kのおじさんは半七を信用して万事を頼むと云った。半七も受け合った。しかし自分は飽くまでも蔭の人として働くので、表面はあなたが探索の役目を引き受けているのであるから、その結果を小幡の屋敷へ報告する都合上、御迷惑でも明日《あした》からあなたも一緒に歩いてくれとのことであった。どうで閑の多い身体《からだ》であるから、おじさんもじきに承知した。商売人の中でも、腕利きといわれている半七がこの事件をどんなふうに扱うかと、おじさんは多大の興味を持って明日を待つことにした。その日は半七に別れて、おじさんは深川《ふかがわ》の某所に開かれる発句の運座《うんざ》に行った。

その晩は遅く帰ったので、おじさんは明くる朝早く起きるのが辛《つら》かった。それでも約束の時刻に約束の場所で半七に逢った。

「きょうは先ず何処《どこ》へ行くんだね」

「貸本屋から先へ始めましょう」

二人は音羽の田島屋へ行った。おじさんの屋敷へも出入りするので、貸本屋の番頭はおじさんを能《よ》く知っていた。半七は番頭に逢って、正月以来かの小幡の屋敷へどんな本を貸し入れたかと訊いた。これは帳面に一々しるしてないので、番頭も早速の返事に困ったらしかったが、それでも記憶のなかから繰り出して二、三種の読《よみ》本《ほん》や草双紙の名をならべた。

「そのほかに薄墨草紙《うすずみぞうし》という草双紙を貸したことはなかったかね」と、半七は訊いた。

「ありました。たしか二月頃にお貸し申したように覚えています」

「ちょいと見せてくれないか」

番頭は棚を探して二冊つづきの草双紙を持ち出して来た。半七は手に取ってその下の巻をあけて見ていたが、やがて七、八丁あたりのところを繰り拡《ひろ》げてそっとおじさんに見せた。その挿絵は武家の奥方らしい女が座敷に坐っていると、その縁先に腰元風の若い女がしょんぼりと俯向《うつむ》いているのであった。腰元はまさしく幽霊であった。庭先には杜若《かきつばた》の咲いている池があって、腰元の幽霊はその池の底から浮き出したらしく、髪も着物もむごたらしく湿《ぬ》れていた。幽霊の顔や形は女こどもをおびえさせるほどに物凄く描いてあった。

おじさんはぎょっとした。その幽霊の物凄いのに驚くよりも、それが自分の頭のなかに描いているおふみの幽霊にそっくりであるのにおびやかされた。その草双紙を受け取ってみると、外題《げだい》は新編薄墨草紙、為永瓢長《ためながひょうちょう》作と記してあった。

「あなた、借りていらっしゃい。面白い作ですぜ」と、半七は例の眼で意味ありげに知らせた。

おじさんは二冊の草双紙をふところに入れて、ここを出た。

「わたくしもその草双紙を読んだことがあります。きのうあなたに幽霊のお話をうかがった時に、ふいとそれを思い出したんですよ」と、往来へ出てから半七が云った。

「して見ると、この草双紙の絵を見て、怖い怖いと思ったもんだから、とうとうそれを夢に見るようになったのかも知れない」

「いいえ、まだそればかりじゃありますまい。まあ、これから下谷へ行って御覧なさい」

半七は先に立って歩いた。二人は安藤坂《あんどうざか》をのぼって、本郷《ほんごう》から下谷の池《いけ》の端《はた》へ出た。きょうは朝からちっとも風のない日で、暮春の空は碧《あお》い玉を磨いたように晴れかがやいていた。

火の見櫓《やぐら》の上には鳶《とび》が眠ったように止まっていた。少し汗ばんでいる馬を急がせてゆく、遠乗りらしい若侍の陣笠《じんがさ》のひさしにも、もう夏らしい光がきらきらと光っていた。

小幡が菩提所《ぼだいしょ》の浄円寺は、かなりに大きい寺であった。門をはいると、山吹が一ぱいに咲いているのが目についた。ふたりは住職に逢った。

住職は四十前後で、色の白い、髯《ひげ》のあとの青い人であった。客の一人は侍、一人は御用聞きというので、住職も疎略に扱わなかった。

ここへ来る途中で、二人は十分に打合わせをしてあるので、おじさんは先ず口を切って、小幡の屋敷にはこの頃怪しいことがあると云った。奥さんの枕もとに女の幽霊が出ると話した。そうして、その幽霊を退散させるために何か加持祈禱《かじきとう》のすべはあるまいかと相談した。

住職は黙って聴いていた。

「して、それは殿さま奥さまのお頼みでござりまするか。又はあなた方の御相談でござりまするか」と、住職は数珠《じゅず》を爪繰《つまぐ》りながら不安らしく訊いた。

「それはいずれでもよろしい。とにかく御承知下さるか、どうでしょう」

おじさんと半七とは鋭い瞳《ひとみ》のひかりを住職に投げ付けると、彼は蒼くなって少しくふるえた。

「修行《しゅぎょう》の浅い我々でござれば、果たして奇特《きどく》の有る無しはお受け合い申されぬが、ともかくも一心を凝らして得脱《とくだつ》の祈禱をつかまつると致しましょう」

「なにぶんお願い申す」

やがて時分どきだというので、念の入った精進料理が出た。酒も出た。住職は一杯も飲まなかったが、二人は鱈腹《たらふく》に飲んで食った。帰る時に住職は、「御駕籠《おかご》でも申し付けるのでござるが……」と云って、紙につつんだものを半七にそっと渡したが、彼は突き戻して出て来た。

「旦那、もうこれで宜《よろ》しゅうございましょう。和尚め、ふるえていたようですから」と、半七は笑っていた。住職の顔色の変ったのも、自分たちに鄭重《ていちょう》な馳走《ちそう》をしたのも、無言のうちに彼の降伏を十分に証明していた。それでもおじさんは、まだよく腑《ふ》に落ちないことがあった。

「それにしても小さい児《こ》がどうして、ふみが来たなんて云うんだろう。判らないね」

「それはわたくしにも判りませんよ」と、半七はやはり笑っていた。「子供が自然にそんなことを云う気遣いはないから、いずれ誰かが教えたんでしょうよ。唯、念のために申して置きますが、あの坊主は悪い奴で……延命院の二の舞(※)で、これまでにも悪い噂が度々あったんですよ。それですから、あなたとわたくしとが押し掛けて行けば、こっちで何も云わなくっても、先方は脛《すね》に疵《きず》でふるえあがるんです。こうして釘をさして置けば、もう詰まらないことはしないでしょう。わたくしのお役はこれで済みました。これから先はあなたのお考え次第で、小幡の殿様へは宜しきようにお話しなすって下さいまし。では、これで御免を蒙《こうむ》ります」

二人は池の端で別れた。

(※)日暮里《にっぽり》にある日蓮宗《にちれんしゅう》の延命院住職日潤《にちじゅん》が祈禱に事寄せて婦人を集め、淫楽《いんらく》に耽《ふけ》っていたことが発覚し、死罪に処された事件が有名になってから、延命院といえば坊主の淫行を指すようになった。

四

おじさんは帰途《かえり》に本郷の友達の家《うち》へ寄ると、友達は自分の識《し》っている踊りの師匠の大浚《おおさら》いが柳橋《やなぎばし》の或るところに開かれて、これから義理に顔出しをしなければならないから、貴公も一緒に附《つ》き合えと云った。おじさんも幾らかの目録を持って一緒に行った。綺麗な娘子供の大勢あつまっている中で、燈火のつく頃までわいわい騒いで、おじさんは好い心持に酔って帰った。そんな訳で、その日は小幡の屋敷へ探索の結果を報告にゆくことが出来なかった。

あくる日小幡をたずねて、主人の伊織に逢った。半七のことはなんにも云わずに、おじさんは自分ひとりで調べて来たような顔をして、草双紙と坊主との一条を自慢らしく報告した。それを聴いて、小幡の顔色は見る見る陰った。

お道はすぐに夫の前に呼び出された。新編薄墨草紙を眼の前に突き付けられて、おまえの夢に見る幽霊の正体はこれかと厳重に吟味された。お道は色を失って一言もなかった。

「聞けば浄円寺の住職は破戒の堕落僧だという。貴様も彼にたぶらかされて、なにか不埒を働いているのに相違あるまい。真っ直ぐに云え」

夫にいくら責められても、お道は決して不埒を働いた覚えはないと泣いて抗弁した。しかし自分にも心得違いはある。それは重々恐れ入りますと云って、一切の秘密を夫とおじさんとの前で白状した。

「このお正月に浄円寺へ御参詣《ごさんけい》にまいりますと、和尚さまは別間でいろいろお話のあった末に、わたくしの顔をつくづく御覧になりまして、しきりに溜息《ためいき》をついておいでになりましたが、やがて低い声で『ああ、御運の悪い方だ』と独り言のように仰《おっ》しゃいました。その日はそれでお別れ申しましたが、二月に又お詣《まい》りをいたしますと、和尚さまはわたくしの顔を見て、又同じようなことを云って溜息をついておいでになりますので、わたくしも何をか不安心になってまいりまして、『それはどうした訳でございましょう』と、こわごわ伺いますと、和尚さまは気の毒そうに、『どうもあなたは御相《こそう》がよろしくない。御亭主を持っていられると、今にお命にもかかわるような禍《わざわ》いが来る。出来ることならば独り身におなり遊ばすとよいが、さもないとあなたばかりでない、お嬢さまにも、おそろしい災難が落ちて来るかも知れない』と諭すように仰しゃいました。こう聞いて私もぞっとしました。自分はともあれ、せめて娘だけでも災難をのがれる工夫はございますまいかと押し返して伺いますと、和尚さまは『お気の毒であるが、母子は一体、あなたが禍いを避ける工夫をしない限りは、お嬢さまも所詮《しょせん》のがれることはできない』と……。そう云われた時の……わたくしの心は……お察し下さいまし」と、お道は声を立てて泣いた。

「今のお前たちが聞いたら、一と口に迷信とか馬鹿馬鹿しいとか蔑《けな》してしまうだろうが、その頃の人間、殊に女などはみんなそうしたものであったよ」と、おじさんはここで註《ちゅう》を入れて、わたしに説明してくれた。

それを聴いてからお道には暗い影がまつわって離れなかった。どんな禍いが降りかかって来ようとも、自分だけは前世の約束とも諦《あきら》めよう。しかし可愛《かわい》い娘にまでまきぞえの禍いを着せるということは、母の身として考えることさえも恐ろしかった。あまりに痛々しかった。お道にとっては、夫も大切に相違なかったが、娘はさらに可愛かった。自分の命よりもいとおしかった。第一に娘を救い、あわせて自分の身を全うするには、飽きも飽かれもしない夫の家を去るよりほかにないと思った。

それでも彼女は幾たびか躊躇《ちゅうちょ》した。そのうち二月も過ぎて、娘のお春の節句が来た。小幡の家でも雛を飾った。緋桃《ひもも》白桃の影をおぼろにゆるがせる雛段の夜の灯を、お道は悲しく見つめた。来年も再来年も無事に雛祭りが出来るであろうか。娘はいつまでも無事であろうか。呪《のろ》われた母と娘とはどちらが先に禍いを受けるのであろうか。そんな恐れと悲しみとが彼女の胸一ぱいに拡がって、あわれなる母は今年の白酒に酔えなかった。

小幡の家では五日の日に雛をかたづけた。今更ではないが雛の別れは寂しかった。その日の午《ひる》すぎにお道が貸本屋から借りた草双紙を読んでいると、お春は母の膝《ひざ》に取りつきながらその挿絵を無心にのぞいていた。草双紙は、かの薄墨草紙で、むごい主人の手討に逢って、杜若の咲く古池に沈められたお文《ふみ》という腰元の魂が、奥方のまえに形をあらわしてその恨みを訴えるというところで、その幽霊が物凄く描いてあった。稚いお春もこれには余ほどおびやかされたらしく、その絵を指して「これ、なに」と、こわごわ訊いた。

「それは文という女のお化けです。お前もおとなしくしないと、庭のお池からこういう怖いお化けが出ますよ」

嚇すつもりでもなかったが、お道は何心なくこう云って聞かせると、それがお春の神経を強く刺戟《しげき》したらしく、ひきつけたように真っ蒼になって母の膝にひしとしがみ付いてしまった。

その晩にお春はおそわれたように叫んだ。

「ふみが来た！」

明くる晩もまた叫んだ。

「ふみが来た！」

飛んだことをしたと後悔して、お道は早々にかの草双紙を返してしまった。お春は三晩つづいてお文の名を呼んだ。後悔と心配とで、お道も碌々に眠られなかった。そうして、これが彼《か》の恐ろしい禍いの来る前触れではないかとも恐れられた。彼女の眼の前にも、お文の姿がまぼろしのように現われた。

お道もとうとう決心した。自分の信じている住職の教えにしたがって、ここの屋敷を立ち退《の》くよりほかはないと決心した。無心の幼児《おさなご》がお文の名を呼びつづけるのを利用して、彼女は俄《にわ》かに怪談の作者となった。その偽りの怪談を口実にして、夫の家を去ろうとしたのであった。

「馬鹿な奴め」と、小幡は自分の前に泣き伏している妻を呆《あき》れるように叱った。しかし、こんな浅はかな女の巧みの底にも、人の母として我が子を思う愛の泉のひそんで流れていることを、Kのおじさんも認めないわけには行かなかった。おじさんの取りなしで、お道はようように夫のゆるしを受けた。

「こんなことは義兄《あに》の松村にも聞かしたくない。しかし義兄の手前、屋敷中の者どもの手前、なんとかおさまりを付けなければなるまいが、どうしたものでござろう」

小幡から相談をうけてKのおじさんも考えた。結局、おじさんの菩提寺の僧を頼んで、表向きは得体の知れないお文の魂のための追善供養を営むということにした。お春は医師の療治をうけて夜啼《よな》きをやめた。追善供養の功力《くりき》によって、お文の幽霊もその後は形を現わさなくなったと、まことしやかに伝えられた。

その秘密を知らない松村彦太郎は、世の中には理窟《りくつ》で説明のできない不思議なこともあるものだと首をかしげて、日頃自分と親しい二、三の人達にひそかに話した。わたしの叔父もそれを聴いた一人であった。

お文の幽霊を草双紙のなかから見つけ出した半七の鋭い眼力を、Kのおじさんは今更のように感服した。浄円寺の住職はなんの目的でお道に恐ろしい運命を予言したか、それに就いては半七も余り詳しい註釈を加えるのを憚《はばか》っているらしかったが、それから半年の後にその住職は女犯《にょぼん》の罪で寺社方の手に捕われたのを聴いて、お道は又ぞっとした。彼女は危い断崖の上に立っていたのを、幸いに半七のために救われたのであった。

「今も云う通り、この秘密は小幡夫婦と私のほかには誰も知らないことだ。小幡夫婦はまだ生きている。小幡は維新後に官吏となって今は相当の地位にのぼっている。わたしが今夜話したことは誰にも吹聴《ふいちょう》しない方がいいぞ」と、Kのおじさんは話の終りにこう付け加えた。

この話の済む頃には夜の雨もだんだん小降りになって、庭の八つ手の葉のざわめきも眠ったように鎮まった。

幼いわたしのあたまには、この話が非常に興味あるものとして刻み込まれた。併しあとで考えると、これらの探偵談は半七としては朝飯前の仕事に過ぎないので、その以上の人を衝動するような彼の冒険仕事はまだまだほかにたくさんあった。彼は江戸時代に於《お》ける隠れたシャアロック・ホームズであった。

わたしが半七によく逢うようになったのは、それから十年の後で、あたかも日清戦争が終りを告げた頃であった。Ｋのおじさんは、もう此《こ》の世にいなかった。半七は七十を三つ越したとか云っていたが、まだ元気の好い、不思議なくらいに瑞々《みずみず》しいお爺《じい》さんであった。養子に唐物商《とうぶつや》を開かせて、自分は楽隠居でぶらぶら遊んでいた。わたしは或る機会から、この半七老人と懇意になって、赤坂《あかさか》の隠居所へたびたび遊びに行くようになった。老人はなかなか贅沢《ぜいたく》で、上等の茶を淹《い》れて旨《うま》い菓子を食わせてくれた。

その茶話《ちゃばなし》のあいだに、わたしは彼の昔語りをいろいろ聴いた。一冊の手帳は殆ど彼の探偵物語でうずめられてしまった。その中から私が最も興味を感じたものをだんだんに拾い出して行こうと思う、時代の前後を問わずに――

右門捕物帖
南蛮幽霊

佐々木味津三

（一八九六・三〜一九三四・二）愛知県生れ。明治大学政経科卒。雑誌記者の傍ら創作を志し「地主の長男」（大一〇）で認められた。「文藝春秋」創刊に際し編集同人に加わり随筆短編を発表したが、のち家庭の事情で大衆文学に転じた。芥川龍之介の激励もあり病身を駆って精力的に執筆、昭和三年と翌四年に連載を始めた「右門捕《うもんとり》物帖《ものちょう》」「旗本退屈男《はたもとたいくつおとこ》」はベストセラーとなった。九年過労と宿痾《しゅくあ》のため死去。「南蛮幽霊《なんばんゆうれい》」は「富士」（昭二・三）に掲載され『佐々木味津三全集』第一巻（全一二巻、平凡社刊）に収録されている。

一

切支丹《キリシタン》騒動として有名なあの島原《しまばら》の乱——肥後《ひご》の天草《あまくさ》で天草四郎《しろう》たち天主教徒の一味が起こした騒動ですから一名天草の乱ともいいますが、その島原の乱は騒動の性質が普通のとは違っていたので、起きるから終わるまで当時幕府の要路にあった者は大いに頭を悩ました騒動でした。ことに懸念したのは豊臣《とよとみ》の残党で、それを口火に徳川《とくがわ》へ恨みを持っている豊家ゆかりの大名たちが、いちどきに謀叛《むほん》を起こしはしないだろうかという不安から奥州《おうしゅう》は仙台の伊達《だて》一家、中国は長州《ちょうしゅう》の毛利《もうり》一族、九州は薩摩《さつま》の島津《しまづ》一家、というような太閤《たいこう》恩顧の大名のところへはこっそりと江戸から隠密《おんみつ》を放って、それとなく城内の動静を探らしたくらいでしたが、しかしさいわいなことに、その島原の騒動も、知恵伊豆《いず》の出馬によってようやく納まり、乱が起きてからまる四月め、寛永《かんえい》十五年の二月には曲がりなりにも鎮定したので、おひざもとの江戸の町にも久かたぶりに平和がよみがえって、勇みはだの江戸っ子たちには書き入れどきのうららかな春が訪れてまいりました。

いよいよ平和になったとなると、鐘一つ売れぬ日はなし江戸の春――まことに豪儀なものです。三月の声を聞くそうそうからもうお花見気分で、八百八町の町々は待ちこがれたお花見にそれぞれの趣向を凝らしながら、もう十日もまえから、どこへいっても、そのうわさでもちきりでした。

南町《みなみまち》奉行お配下の与力同心《よりきどうしん》たちがかたまっている八丁堀《はっちょうぼり》のお組屋敷でも、御多聞に漏れずそのお花見があるというので、もっともお花見とはいってももともとが警察事務に携わっている連中ですから、町方の者たちがするように遠出をすることはできなかったのですが、でも屋敷うちの催しながら、ともかくもその日一日は無礼講で骨休みができるので、上は与力から下は岡《おか》っ引《び》きに至るまで、寄るとさわると同じようにその相談でもちきりのありさまでした。毎年三月の十日というのがその定例日――無礼講ですから余興はもとより付きもので、毎年判で押したように行なわれるものがまず第一に能狂言、それから次はかくし芸、それらの余興物がことごとく、平生《へいぜい》市民たちから、いわゆるこわいおじさんとして恐れられてる八丁堀のだんながたによって催されるのですから、まことに見ものの中の見ものといわなければなりませんが、ことにことしは干支《えと》の戊寅《つちのえとら》にちなんで清正《きよまさ》の虎《とら》退治を出すというので、組屋敷中の者はもちろんのこと、うわさを耳に入れた市中の者までがたいへんな評判でした。

六日からその準備にかかって、九日がその総ざらい、一夜あくればいよいよご定例のその十日です。上戸《じょうご》は酒とさかなの買い出しに、下戸《げこ》はのり巻き、みたらし、はぎのもちと、それぞれあすのお弁当をととのえて、夜のあけるのを待ちました。

と――定例の十日の朝はまちがいなく参りましたが、あいにくとその日は朝から雨もよいです。名のとおりの春雨で、降ったりやんだりの気違い天気――けれども、ほかの職業にある人たちとは違って、許された公休日というのは天にも地にもその日一日しかないのですから、雨にかまわず催し物を進行させてゆきました。呼び物の虎退治をやりだしたのがお昼近い九つ（午後十二時）まえで、清正に扮《ふん》するはずの者は与力次席の重職にあった坂上与一郎《さかがみよいちろう》という人物。縫いぐるみの虎になったのは岡っ引きの長助という相撲《すもう》上がりの太った男でした。

お約束のようにヒュードロドロと下座《げざ》がはいると、上手《かみて》のささやぶがはげしくゆれて、のそりのそりと出てきたものは、岡っ引き長助の扮している朝鮮虎です。それが、いったん引っ込むと、代わって出てきたのが清正公で、しかしその清正公が少しばかり趣の変わった清正でありました。とんがり兜《かぶと》もあごひげも得物《えもの》の槍《やり》の三つまたも扮装は絵にある清正と同じでしたが、こっけいなことに、その清正は朝鮮タバコの長いキセルを口にくわえて、しかもうしろにはひとりの連れがありました。連れというのはなにをかくそう朝鮮の妓生《キーサン》で、実はその出し物が当日の呼び物になったというのも、その妓生が現われるのと、それから妓生に扮する者が、当時組屋敷小町と評判された坂上与一郎のまな娘鈴江《すずえ》であったからによりますが、だから見るからにほれぼれとする鈴江の妓生が出てくると、見物席からは待っていましたとばかりに、わっと拍手が起こりました。

「よおう、ご両人！」

「しっぽりと頼みますぜ！」

なぞとたいへんな騒ぎで、場内はもうわきかえるばかり――。

その中を長いキセルでぽかりぽかりと悠長な煙を吐きながら、変わり種の清正が美人の妓生とぬれ場をひとしきり演ずるというのですから、ずいぶんと人を食った清正というべきですが、それよりももっと見物をあっといわした珍趣向は、そのぬれごとのせりふが全部朝鮮語であるということでした。むろん、でたらめの朝鮮語ではありますが、ともかくも、日本語でないことばでいろごとをしようというのですから、かりにも江戸一円の警察権を預かっている八丁堀のおだんながたがくふうした趣向にしては、まことに変わった思いつきというべきでした。

舞台はとんとん進んで、ふたたび長助の虎が現われる、鈴江の妓生がきゃっと朝鮮語で悲鳴をあげる、それからあとは話に伝わる清正のとおりで、やおら三つまたの長槍を手にかいぐり出したとみるまに、岡っ引き長助の虎はたった一突きで清正に突き伏せられてしまいました。それがまたまことに真に迫ったしぐさばかりで、どういう仕掛けがあったものか、清正の長槍からべっとりと生血がしたたり、縫いぐるみの朝鮮虎がほんとうにビクビクと手足を痙攣《けいれん》させだしたのですから、見物席はおもわずわっとばかりに拍手を浴びせかけました。

ところが――実はその拍手の雨が注がれていた中で、世にも奇怪なできごとがおぞましくもそこに突発していたのです。いつまでたっても虎が起き上がらないので、いぶかしく思いながら近よってみると、清正の長槍に生血のしたたったのもまことに道理、虎の死に方が真に迫ったもまことに道理、岡っ引きの長助はほんとうにそこで突き伏せられていたのでした。

「わっ！　たいへんだ！　死んでるぞ！　死んでるぞ！」

なにがたいへんだといって、世の中におしばいの殺され役がほんとうに殺されていたら、これほど大事件はまたとありますまいが、あわてて縫いぐるみをほどいてみると、長助はぐさりと一突き脾腹《ひばら》をやられてすでにまったくこと切れていたので、いっせいに人たちの口からは驚きの声が上がりました。同時に気がついて見まわすと、まことに奇怪とも奇怪！　血を吸った長槍はそこに投げ出されてありましたが、いつ消えてなくなったものか、いるべきはずの清正と妓生の姿が見えないのです。

事件は当然のごとく騒ぎを増していきました。むろん、もうこうなればお花見の無礼講どころではないので、遺恨あっての刃傷《にんじょう》か、あやまっての刃傷か、いずれにしても問題となるのは槍を使った清正にありましたから、そこに居合わした六、七人の同役たちが血相変えて、舞台裏に飛んではいりました。こととしだいによったら、与力次席の重職にある坂上与一郎といえどもその分にはすておかぬというような力みかたで——。

しかし、事実はいっそう奇怪から奇怪へ続いていたのです。坂上与一郎もその娘の鈴江も、舞台裏にいるにはいましたが、まことに奇怪、いま清正と妓生に扮したはずの親子が、それぞれじゅばん一つのみじめな姿で、厳重なさるぐつわをはめられながら、高手小手にくくしあげられていたのでしたから、血相変えて駆け込んでいった一同は等しく目をみはりました。しかも、親子の口をそろえていった陳述はいよいよ奇怪で、なんでもかれらのいうところによると、扮装をこらして舞台へ出ようとしたとき、突然引き入れられるように眠りにおそわれてそのまま気を失い、気がついたときはもうじゅばん一つにされたあとで、そのまま今までそこにくしあげられていたというのでありました。事実としたら、何者か犯人はふたりでこれを計画的に行ない、まず坂上親子を眠らしておいて、しかるのち巧みに清正と妓生に化けて舞台に立っていたことになるのですから、場所がら場所がらだけに、奇怪の雲は、いっそう濃厚になりました。いずれにしてもまず場内の出入り口を固めろというので、そこはお手のものの商売でしたから、厳重な出入り禁止がただちに施されることになりました。

と、ちょうどそのとたんです。

「お願いでございます！　お願いの者でございます……」

必死の声をふり絞りながら、その騒ぎの中へ、鉄砲玉のように表から駆け込んできたひとりの町人がありました。

四十がらみの年配で渡り職人とでもいった風体——声はふるえ、目は血走っていましたから、察するに本人としては何か重大事件にでも出会っているらしく思われましたが、何をいうにも騒ぎのまっさいちゅうです。だれひとり耳をかそうとした者がありませんでしたので、町人は泣きだしそうにしてまたわめきたてました。

「お係りのだんなはどなたでございまするか！　お願いでございます！　お願いの

者でございます！」

その声をふと耳に入れたのが本編の主人公――すなわち『むっつり右門《うもん》』です。本年とってようやく二十六歳という水の出花で、まだ駆けだしの同心でこそあったが、親代々の同心でしたから、微禄《びろく》ながらもその点からいうとちゃきちゃきのお家がらでありました。ほんとうの名は近藤右門、親の跡めを継いで同心の職についたのが去年の八月、ついでですからここでちょっと言い足しておきますが、同心の上役がすなわち与力、その下役はご存じの岡っ引きですから、江戸も初めの八丁堀同心といえばむろん士分以上のりっぱな職責で、腕なら、わざなら、なまじっかな旗本なぞにもけっしてひけをとらない切れ者がざらにあったものでした。いうまでもなく、むっつり右門もその切れ者の中のひとりでありました。だのに、なぜかれが近藤右門というりっぱな姓名がありながら、あまり人聞きのよろしくないむっつり右門なぞというそんなあだ名をつけられたかというに、実にかれが世にも珍しい黙り屋であったからでした。まったく珍しいほどの黙り屋で、去年の八月に同心となってこのかた、いまだにただの一口も口をきかないというのですから、むしろおしの右門とでもいったほうが至当なくらいでした。だから、かれはきょうの催しがあっても、むろん最初から見物席のすみに小さくなっていて、そのあだ名のとおりしじゅう黙り屋の本性を発揮していたのでした。

けれども、口をきかないからといってかれに耳がなかったわけではないのですから、町人の必死なわめき声が人々の頭を越えて、はからずもかれのところへ届きました。その届いたことが右門の幸運に恵まれていた瑞祥《ずいしょう》で、また世の中で幸運というようなものは、とかく右門のような変わり者の手の中へひとりでにころがり込んできたがるものですが、何か尋常でないできごとが起きたな——という考えがふと心をかすめ去ったものでしたから、むっつり屋の右門が珍しく近づいていって、破天荒にも自分から声をかけました。

「目色を変えてなにごとじゃ」

そばにいてそれを聞いたのが、右門の手下の岡っ引き伝六《でんろく》です。変わり者には変わり者の手下がついているもので、伝六はまた右門とは反対のおしゃべり屋でしたから、右門が口をきいたのに目を丸くしながら、すぐとしゃべりかけました。

「おや、だんな、物がいえますすね」

おしでもない者に物がいえますねもないものですがむっつり屋であると同時に年に似合わず胆《きも》がすわっていましたから、普通ならば腹のたつべきはずな伝六の暴言を気にもかけずに、右門は静かにくだんの町人へ尋問を始めました。

「係り係りと申しておったようじゃが、願い筋はどんなことじゃ」

苦み走った男ぶりの、見るからにたのもしげな近藤右門が、だれも耳をかしてくれない中から、親しげに声を掛けたので、町人はすがりつくようにして、すぐと事件を訴えました。

「実は、今ちょっとまえに、三百両という大金をすられたんでござんす……」

「なに、三百両……！　うち見たところ職人渡世でもしていそうな身分がらじゃが、そちがまたどこでそのような大金を手中いたしてまいった」

「それが実は富くじに当たったんでがしてな。お目がねどおり、あっしゃ畳屋の渡り職人ですが、かせぎ残りのこづかいが二分ばかりあったんで、ちょうどきょう湯島《しま》の天神さまに富くじのお開帳があったをさいわい、ひとつ金星をぶち当てるべえと思って、起きぬけにやっていったんでがす。ことしの正月、浅草《あさくさ》の観音さままで金運きたるっていうおみくじが出たんで、福が来るかなと思っていると、それがだんな、神信心はしておくものですが、ほんとうにあっしへ金運が参りましてな、みごとに三百両という金星をぶち当てたんでがすよ。だから、あっしが有頂天になってすぐ小料理屋へ駆けつけたって、なにも不思議はねえじゃごわせんか」

「だれも不思議だと申しちゃいない。それからいかがいたした」

「いかがいたすもなにもねえんでがす。なにしろ、三百両といや、あっしらにゃ二度と拝めねえ大金ですからね。いい心持ちでふところにしながら、とんとんとはしごを上って、おい、ねえさん、中ぐしで一本たのむよっていいますと……」

「中ぐしというと、うなぎ屋だな」

「へえい、家はきたねえが天神下ではちょっとおつな小料理屋で、玉岸っていう看板なんです」

「すられたというのは、そこの帰り道か」

「いいえ、それがどうもけったいじゃごわせんか、ねえさんが帳場へおあつらえを通しにおりていきましたんでね、このすきにもう一度山吹き色を拝もうと思って、そっとふところから汗ばんで暖かくなっている三百両の切りもち包みを取り出そうとすると、ねえ、だんな、そんなバカなことが、今どきいったいありますものかね」

「いかがいたした」

「あっしの頭の上に、なにか雲のようなものが突然ふうわりと舞い下がりましてね、それっきりあっしゃ眠らされてしまったんですよ」

「なに、眠らされた？」

その一語をきくと同時に、むっつり右門の苦み走った面《おもて》には、さっと血の色がわき上がりました。これがまたどうして色めきたたずにいられましょうぞ！　現在同僚たちが色を失って右往左往と立ち騒いでいる長助殺しの事件の裏にも、坂上親子の陳述によれば、同じその眠りの術が施されていましたので、右門の面はただに血の色がわき上がったばかりではなく、その両眼はにわかに異様な輝きを帯びてまいりました。心をはずませてひざをのり出すと、たたみかけて尋ねました。

「事実ならばいかにも奇怪じゃが、その眠りというのは、どんなもようじゃった」

「まるで穴の中へでもひきずり込まれるような眠けでござんした」

「で、金はその間に紛失いたしておったというんじゃな」

「へえい、さようで……ですから、目のくり玉をでんぐらかえして、すぐと数寄屋《すきや》橋《ばし》のお奉行所へ駆け込み訴訟をしたんですが、なんでございますか、お役人はあちらにもご当番のかたが五、六人ばかりいらっしゃいましたのに、きょうは骨休みじゃとか申されて、いっこうにお取り上げがなかったんで、こちらまで飛んでめえりましたんでござんす」

「よし、あいわかった、普通なら、そんな事件、手下の者にでも任すのがご法だが、少しく思い当たる節があるから、てまえがじきじきに取り扱ってつかわす。念のために、そのほうの所番地を申し置いてまいれ」

おどり上がって町人が所番地を言い置きながら引き下がったので、むっつり右門はここにはじめて敢然と奮《ふる》い立ちました。まことにそれは、敢然として奮い立つということばが、いちばん適切な形容でありました。なぜかならば、多くの場合その種の変わり者がとかく世間からバカにされがちであるように、右門もこれまであまりにも珍しすぎる黙り屋であったために、同僚たちから生来の愚か者と解釈されて、ことごとに小バカにされながら、ついぞ今まで一度たりとも、ろくな事件をあてがわれたことはなかったからです。けれども、今こそ千載一遇《せんざいいちぐう》の時節が到来したのです。右門は血ぶるいしながら立ち上がりました。もちろん、その間にも同僚たちはわいわいとわけもなく騒ぎたって、われこそ一番がけに長助殺しの犯人をひっくくろうと、お組屋敷は上を下への混雑でありましたが、しかし右門は目をくれようともしませんでした。二つの事件に必ず連絡があるとにらみましたので、あるとすれば、犯罪のやり口からいって一筋なわではいかない犯人に相違あるまいとめぼしをつけたので、将を射《い》んとする者はまず馬を射よのたとえに従って、三百両事件を先にほじってみようと思いたちました。立てばいうまでもなくもうあだ名のむっつり右門です。

「急にきつねつきのような形相をなさって、どこへ行くんですか、だんな！」

おしゃべり屋の伝六があたふたとあとを追っかけながら、しつこく話しかけたのにことばもくれず、右門はさっきの町人がいった湯島の玉岸という小料理屋目がけて、さっさと歩みを運びました。

二

行ってみると、なるほど家の構えはこぎたないが、この界隈《かいわい》の名物とみえて、店先はいっぱいのお客でありました。右門はべちゃくちゃとさえずっている岡っ引きの伝六をあとに従えて、ずいと中へはいっていきました。

古い物《もの》は付《づ》けにも、目の高いものはやり手ばばあに料理屋のあるじとうまいことをうがってありますが、玉岸のおやじも小料理屋ながらいっぱしの亭主でありました。

「これはこれは、八丁堀のだんながたでいらっしゃいますか」

一瞬にして目がきいたものか、もみ手をしいしい板場から顔を出して、すぐと奥まった一室へ茶タバコ盆とともに案内したので、右門はただちに町人の三百両事件を切り出しました。むろん、事の当然な結果として小料理屋それ自体に三分の疑いがかかっていたので、伝六にはその間に屋作《やづく》りをぬけめなく調べさせ、右門みずからは亭主の挙動にじゅうぶんの注意を放ちました。けれども、亭主は事件は知ってはいたが、その下手人についてはさらに心当たりがないというのです。町人が上がったころにどんなお客が二階へ上がっていたかも記憶がないというので、伝六の探索を延ばしたほうも同様に手がかりは皆無でした。わずかに残された探索として希望をつなぎうるものは、事件の前後に受け持ちとして出ていった小婢《こおんな》があるばかり──。

で、さっそくにその婢を呼んで、むっつり屋の右門がきわめていろけのないことばつきで、当時のもようをきき正しました。と──手がかりらしいものがわずかに一つあがったのです。それは一個の駒《こま》でありました。馬の駒ではない将棋の駒で、それも王将。婢のいうには、あの町人の三百両紛失事件が降ってわいたそのあとに、右の将棋の駒がおっこちていたというのでありました。巨細《こさい》によく調べてみると、まず第一に目についたものは、相当使い古したものらしいにかかわらず、少しの手あかも見えないで、ぴかぴかと手入れのいいみがきがかけられてあったことでした。それから、材料は上等の桑《くわ》の木で、彫りはむろん漆彫り、しりをかえしてみると『凌英《りょうえい》』という二字が見えるのです。

「凌英とな……聞いたような名まえだな」

思いながらしばらく考えているうちに、右門ははたとひざを打ちました。そのころ駒彫りの名人として将棋さしの間に江戸随一と評判されていた、書家の凌英であることに思い当たったからでした。してみると、むろん一組み一両以上の品物で、木口なぞの上等な点といい、手入れのいいぐあいといい、この駒の持ち主はひとかどの将棋さし――少なくもずぶのしろうとではないことが、当然の結果として首肯されました。

「よしッ。存外こいつあ早くねたがあがるかもしれんぞ！」

こうなればまったくもう疾風迅雷《しっぷうじんらい》です。右門は探索の方針についてなによりの手づるを拾いえたので、前途に輝かしい光明を認めながら、ご苦労ともきのどくだったともなんともいわずに、例のごとく黙念としながら、ぷいと表へ出ていくと、即座に伝六に命じました。

「きさま、これから凌英という駒彫り師の家をつきとめろ！　つきとめたら、この駒をみせてな、いつごろ彫ったものか、だれに売ったやつだか、心当たりをきいて、買い主がわかったらしょっぴいてこい。わからなきゃ、江戸じゅうのくろうと将棋さしをかたっぱし洗って、どいつの持ち物だか調べるんだ！」

「え！　だんなにゃまったくあきれちまいますね。やぶからぼうに変なことおっしゃって、何がいったいどうなったっていうんです？」

わからない場合には、江戸じゅうの将棋さしをかたっぱし洗えといったんですから、伝六がめんくらったのも、無理もないでしょう。しかし、右門のことばには確信がありました。

「文句はあとでいいから、早くしろい！」

「だって、だんな、江戸じゅうの将棋さしを調べる段になると、ちっとやそっとの人数じゃごわせんぜ。有段者だけでも五十人や百人じゃききますまいからね」

「だから、先に凌英っていう彫り師に当たってみろといってるんじゃねえか」

「じゃ、三月かかっても、半年かかってもいいんですね」

「バカ！　きょうから三日以内にあげちまえ！」

「だって、江戸を回るだけでも三里四方はありますぜ」

「うるせえやつだな。回りきれねえと思ったら、駕籠《かご》で飛ばしゃいいんじゃねえか」

「ちえっ、ありがてえ！　おい、駕籠屋！」

官費と聞いて喜びながら、ちょうどそこへ来合わしたつじ駕籠を呼びとめてひらり伝六が飛び乗ったので、右門はただちに数寄屋橋の奉行所へやって行きました。もちろん、奉行所ももうそのときは色めきたって、非番の面々までがどやどやと詰めかけながら、いずれもが長助殺しの犯人捜査に夢中でありました。しかし、同役たちの等しく選んだ捜査方針は、申し合わせたようにみんな常識捜査でありました。すなわち、第一にまずかれらは、当日見物席に来合わしていた一般観客に当たりました。坂上親子に似通った親子連れのものが見物の中に居合わさなかったか、だれか疑わしい人物の楽屋裏に出入りしたものを見かけなかったか――というような常識的の事実から捜索の歩を進めていたのでした。それから、最後の最も重大な探索方針として、かれらは等しく与力次席の坂上親子に疑いをかけていたのです。

けれども、右門の捜査方針は、全然それとは正反対でありました。あくまでも見込み捜査で、疾風迅雷的に殺された本人――岡っ引き長助の閲歴を洗いたてました。いずれ遺恨あっての刃傷に相違なく、遺恨としたらどういう方面の人物から恨みを買っているか、その間のいきさつを調べました。

しかし、残念なことに、その結果はいっこう平凡なものばかりだったのです。判明した材料というのは次の三つで、第一は長助が十八貫めもあった大兵肥満《たいひょうひまん》の男だったということ、第二はまえにもいったように葛飾《かっしか》在の草相撲上がりであったということ、それから第三は非業の死をとげた三日ほどまえにその職務に従い、牛込《うしごめ》の藁店《わらだな》でだんなばくちを検挙したということでありました。しいて材料にするとするなら、最後のそのだんなばくちの検挙があるっきりです。

で、かれは念のためにと思って、お奉行所の調書について、そのときの吟味始末を調査にかかりました。と——まことに奇怪、検挙事実は歴然として人々の口に伝わっているのに、公儀お調べ書にはその顚末《てんまつ》が記録されてなかったのです。

「臭いな」

と思うには思いましたが、しかし何をいうにも検挙に当たった長助本人がすでにこの世の人でなかったから、疑惑の雲がかかりながら、それ以上その事件を探求することは不可能でありました。とすれば、もはや残る希望は伝六の報告を待つ以外になかったので、右門はお組屋敷へ引き下がると、じっくり腰をすえながら、その帰来を待ちわびました。

やがて、その三日め——首を長くして待っていると、ふうふういいながら伝六が帰ってまいりましたので、右門はすぐに尋ねました。

「どうだ、なにかねたがあがったろう」

「ところが、大違い——」

「ええ、大違い？」

目算が狂いましたから、右門もぎくりとなって問いかえしました。

「じゃ、まるっきりめぼしがつかないんだな」

「さようで――おっしゃったとおり、まず第一に凌英っていう彫り師を当たったんですがね。ところが、その凌英先生が、あいにくなことに、去年の八月水におぼれておっ死《ち》んでしまったっていうんだから、最初の星が第一発に目算はずれでさ。でも、ここが奉公のしどころと思いましたからね。あの駒の片割れを持って、およそ将棋さしという将棋さしは、看板のあがっている者もいない者も、しらみつぶしに当たってみたんですよ。ところが、そいつがまた目算はずれでしょ。だから、今度は方面を変えて、駒を売っている店という店は残らず回ったんですが、最後にその望みの綱もみごとに切れちまったんでね、このとおり一貫めばかり肉をへらして、すごすごと帰ってきたところなんです」

さすがの右門も、その報告にはすっかり力をおとしてしまいました。せっかくこんないい手がかりを持っているのにと思いましたが、人力をもっていかんともしがたいとあっては、やむをえないことでありました。このうえは、時日をあせらずゆっくりと構え、二つの材料、すなわち駒の所有者と、疑惑のまま残されている長助の検挙したというだんなばくちの一味が、どんな人物たちであるかをつき止める以外には方法がなかったので、まず英気でも養っておこうと思いたちながら、ぶらり近所の町湯へ出かけました。

三

と——右門がまだお湯屋のざくろ口を完全にはいりきらないときでした。

「だんな！　だんな！　また変なことが一つ持ち上がりましたぜ」

息せき切りながら伝六があとから追っかけてきたので、右門はちょっといろめきたちながら耳をかしました。

「ね、柳原《やなぎわら》の土手先に、四、五日まえからおかしな人さらいが出るそうですぜ」

「人さらい？　だれから聞いた」

「組屋敷のだんながたがたったいま奉行所から帰ってきてのうわさ話をちらり耳に入れたんですがね。いましがた訴えた者があったんだそうで、なんでもそれが夜の九つ（午前零時）時分に決まって出るんだそうだがね。おかしいことは、申し合わせたようにお侍ばかりをさらうっていうんですよ」

「じゃ、徒党でも組んだ連中なんだな」

「ところが、その人さらい相手はたったひとりだというから、ふにおちないじゃござわせんか。そのうえに、正真正銘足がなくて、ちっとも姿を見せないっていうんだから、場所がらが場所がらだけに、幽霊だろうなんていってますぜ。でなきゃ、こもをかかえたお嬢さん――」

「なんだ、そのこもをかかえたお嬢さんてやつは……」

「知れたことじゃありませんか。つじ君ですよ。夜鷹《よたか》ですよ」

「なるほどな」

はだかのままでしばらく考えていましたが、突如！　真に突如、右門の眼《め》はふたたび烱々《けいけい》と輝きを帯びてまいりました。また、輝きだすのも道理です。いうがごとくに、たったひとりの力で侍ばかりをさらっていくとするなら、少なくもその下手人は人力以上の、まことに幽霊ではあるまいかと思えるほどのなにものか異常な力を持ち備えている者でなければならないはずだからです。とするなら――右門の心にふとわき上がったものは、あの同じ眠りの秘術、長助の場合にも、三百両紛失の場合にも、等しく符節を合わしているあの奇怪な眠りの術でありました。

「よし！　いいことを知らしてくれた。ご苦労だが、きさまひとっ走り柳原までいって、もっと詳しいことをあげてきてくれ！」

とぎれた手がかりにほのぼのとしてまた一道の光明がさしてきたので、右門は口早に伝六へ命じました。

お湯もそうそうに上がって心をはずませながら待っていると、伝六は宙を飛んで駆けかえってまいりました。けれども、宙を飛んで帰りはしたが、そのことばつきには不平の色が満ちていたのです。

「ちえッ、だんなの気早にゃ少しあきれましたね。くたびれもうけでしたよ」

「うそか」

「いいえ、人さらいは出るでしょうがね、あの近所の者ではひとりも現場を見たものがないっていいますぜ」

「じゃ、そんなうわさも上っちゃいないんだな」

「さようで――また上らないのがあたりまえでしょうよ。さらわれたとすると、その人間はきっと帰ってこないんでしょうからね。だから、四日も五日もお上《かみ》のお耳へ上らずにもいたんでしょうからね。しかし、ちょっとおつな話はございますよ。こいつあ人さらいの幽霊とは別ですがね、このごろじゅうから、あの土手の先へ、べっぴん親子のおでん屋が屋台を張るそうでしてね、なんでもその娘というのがすばらしい美人のうえに、人の評判では琉球《りゅうきゅう》の芋焼酎《いもじょうちゅう》だといいますがね、とにかく味の変わったばかに辛《から》くてうまい変てこりんな酒を飲ませるっていうんで、大繁盛だそうですよ。どうでごわす、拝みに参りましょうか」

つべこべと口早にしゃべるのを聞きながら、じっと目を閉じて、何ものかをまさぐるように考えていましたが、と、突然右門がすっくと立ち上がりながら外出のしたくにとりかかったので、伝六は早がてんしながらいいました。

「ありがてえ！　じゃ、本気にべっぴんを拝みに出かけるんですかい」

しかし、右門は押し黙ったままで万端のしたくをととのえてしまうと、風のようにすうと音もなく表へ出ていきました。刻限はちょうど晩景の六つ下がりどき（午後六時過ぎ）で、ぬんめりとやわらかく小鬢《こびん》をかすめる春の風は、まことに人の心をとろかすようなはだざわりです。その浮かれたつちまたの町を、右門は黒羽二重の素あわせに、蠟色鞘《ろいろざや》の細いやつを長めに腰へ落として、ひと苦労してみたくなるような江戸まえの男ぶりはすっぽりずきんに包みながら、素足にいきな雪駄《せった》を鳴らし、まごうかたなく道を柳原の方角へとったので、伝六はてっきりそれと、ますますはしゃいでいいました。

「だんなもこれですみにはおけませんね、べっぴんときくと、急におめかしを始めたんだからね。ちッちッ、ありがてえ！　まったく、果報は寝て待てというやつだ。

久しぶりで伝六さんの飲みっぷりのいいところを、べっぴんに見せてやりますかね。そのかえり道に、こもをかかえたお嬢さんをからかってみるなんて、どうみてもおつな寸法でがすね」

しかし、それがしだいにおつな寸法でなくなりだしたのです。柳原ならそれほど道を急ぐ必要はないはずなのに、右門はもよりのつじ待ち駕籠屋へやっていくと、黙ってあごでしゃくりました。のみならず、供先は息づえをあげると同時に、心得たもののごとく、ひたひたと先を急ぎだしました。柳原なら大川べりを左へ曲がるのが順序ですが、まっすぐにそれを通り越して、どうやら行く先は浅草目がけているらしく思われましたものでしたから、少し寸法の違うどころか、伝六はとうとうめんくらって、うしろの駕籠から悲鳴をあげました。

「まさかに、柳原と観音さまとおまちがいなすっていらっしゃるんじゃありますまいね」

けれども、右門はおちつきはらったものでした。駕籠をおりるや否《いな》や、さっさと御堂裏《みどううら》のほうへ歩きだしたのです。いうまでもなく、その御堂裏は浅草の中心で、軒を並べているものはことごとく見せ物小屋ばかり――福助《ふくすけ》小僧の見せ物があるかと思うと、玉ころがしにそら吹けやれ吹けの吹き矢があって、秩父《ちちぶ》の大蛇に八幡《やはた》手品師、軽わざ乗りの看板があるかと思えば、その隣にはさるしばいの小屋が軒をつらねているといったぐあいでした。

それらの中を、むっつり右門は依然むっつりと押し黙って、かき分けるようにやって行きましたが、と、立ち止まった見せ物小屋は、なんともかとも意外の意外、南蛮渡来の女玉乗り――と書かれた絵看板の前だったのです。のみならず、かれはその前へたたずむと、しきりに客引きの口上に耳を傾けました。

――客引きはわめくように口上を述べました。

「さあさ出ました出ました。珍しい玉乗り。ただの玉乗りとはわけが違う。七段返しに宙乗り踊り、太夫《たゆう》は美人で年が若《わこ》うて、いずれも南蛮渡来の珍しい玉乗り。さあさ、いらっしゃい、いらっしゃい。お代はただの二文――」

言い終わったとき、右門はつかつかと口上屋のかたわらに近づいて、無遠慮に尋ねました。

「座頭《ざがしら》太夫はもと船頭で、唐《から》の国へ漂流いたし、その節この玉乗りを習い覚えて帰ったとかいううわさじゃが、まさかうそではあるまいな」

「そこです、そこです。そういうだんながたがいらっしゃらないと、あっしたちもせっかくの口上に張り合いがないというものですよ。評判にうそ偽りのないのがこの座の身上。それが証拠に、太夫が唐人語を使って踊りを踊りますから、だまされたと思って、二文すててごらんなさいよ」

得意になって口上言いが能書きを並べだしたものでしたから、それにつられて、あたりの者がどやどやと六、七人木戸をくぐりました。しかし、右門はまさかこの仲間ではあるまいと思っていたのに、これは意外、つかつかと二文払って同じく中へはいりましたので、伝六はいよいよ鼻をつままれてしまいました。

けれども、右門は伝六のおどろいていることなぞにはいっこうむとんちゃくで、ちょうど幕が上がっていたものでしたから、引き入れられるように舞台へ目をすえだしました。見ると、まことや口上言いの能書きどおりなのです。黒い玉に乗って柳の影から、まるで足のない幽霊のごとく、ふうわり舞台へ現われると、太夫はいかにも怪しい唐人語を使って、不思議な踊りを玉の上で巧みに踊りました。と、同時でした。右門は突然しかるように、伝六へいいました。

「きさま、今の唐人語に聞き覚えないか」

「え？　なんです。なんです。唐人語たあなんですか？」

「どこかであれに似た節《ふし》のことばを聞いたことはねえかといってるんだよ」

伝六が懸命に考えていましたが、はたとひざを打つようにいいました。

「あっ！　そういえば、こないだお花見の無礼講に、清正と妓生が、たしかにあんなふうな節を出しましたね」

「それがわかりゃ、きさまもおおできだ。このうえは、土手のおでん屋を詮議《せんぎ》すりゃ、もうしめたものだぞ。来い！」

恐ろしいすばしっこさで、そのまま右門が表へ駆けだしたものでしたから、まだはっきりとわからないがだいたいめぼしのついた伝六も、しりをからげてあとを追いました。まことにもうひとっ飛びで、評判のおでん屋を土手先で見つけたのはそれからまもなくでした。

のれんをくぐってはいってみると、なるほど、評判どおりの美人です。年のころはまず二九あたり、まゆのにおやかえくぼのあいきょう、見ただけでぞくぞくと寒けだつほどの美人でした。しかし、ちらりと目を胸もとへさげたとき――あっ！　おもわず右門は声をたてんばかりでした。乳が、その割合にしてはいかにも乳のふくらみが小さいではありませんか！　はてなと思って、さらに目を付き添いのおやじに移していくと、もう一つ不審があった。その指先にはりっぱな竹刀《しない》だこが、少なくも剣道の一手二手は使いうることを物語る証左の竹刀だこが、歴然としてあったのです。右門はおどりたつ心を押えながら、そしらぬ顔で命じました。

「琉球の芋焼酎とかをもらうかな」

と——偶然がそこにもう一つの幸運を右門にもたらしました。娘がびんを取り上げてみると、あいにくそれがからだったので、なにげなく屋台車のけこみを押しひらいて、中からたくわえの別なびんを取り出そうとしたそのとたん、ちらりと鋭く右門の目を射たものは、たしかにいま浅草の小屋で見て帰ったと同じ南蛮玉乗りの大きな黒い玉でした。

「さては、ほしが当たったたらしいな」

いよいよ見込みどおりな結果に近づいてまいりましたものでしたから、もう長居は無用、伝六におでん屋親子の張り番を命じておいて、ただちに四谷大番町へ向かいました。なにゆえ四谷くんだりまでも出向いていったかというに、そこには当時南蛮研究の第一人者たる鮫島老雲斎《さめじまろううんさい》先生がかくれ住んでいたからでした。かれこれもう夜は二更（午後十時）をすぎていましたので、起きていられるかどうかそれが心配でしたが、さいわいに、先生はまだお目ざめでした。もとより一面識もない間ではありましたが、そこへいくと職名はちょうほうなものです。右門が八丁堀の同心であることを告げると、老雲斎は気軽に書物のうず高く積みあげられたその居間へ通しましたので、だしぬけに尋ねました。

「はなはだ卒爾《そつじ》なお尋ねにございまするが、切支丹伴天連《バテレン》の魔法を防ぐには、どうしたらよろしいのでございましょうか」

「ほほう、えらいことをまた尋ねに参ったものじゃな。伴天連の魔法にもいろいろあるが、どんな魔法じゃ」

「眠りの術にございます」

「ははあ、あれか。あれは催眠の術と申してな、伊賀甲賀《いがこうが》の忍びの術にもある、ごく初歩のわざじゃ。知ってのとおり、なにごとによらず、人に術を施すということは、術者自身が心気を一つにしなけんきゃならぬのでな。それを破る手段も、けっきょくはその術者自身の心気統一をじゃますればいいんじゃ。昼間ならば突然大きな音をたてるとかな、ないしはまた夜の場合ならば急にちかりと明るい光を見せるとかすれば、たいてい破れるものじゃ」

　立て板に水を流すごとく、すらすらと催眠破りの秘術を伝授してくれましたので、もはや右門は千人力でした。もよりの自身番へ立ち寄って、特別あかりの強い龕燈《がんどう》を一つ借りうけると、ただちに駕籠を飛ばして、ふたたび柳原の土手わきまで引き返していきました。日にしたらちょうど十三日、普通ならば十三夜の月が、今ごろはまぶしいほどに中天高く上っているべきはずですが、おりからの曇り空は、かえって人さらいの下手人をおびき出すにはおあつらえ向きのおぼろやみです。

「伝六、どうやらおれの芽が吹いて出そうだぞ」

息をころして遠くからおでん屋台の張り番をしていた伝六のそばへうずくまると、右門は小声でささやきながら、いまかいまかと刻限のふけるのを待ちました。

と、案の定、もうつじ君たちの群れも姿を消してしまった九つ近い真夜中どき――おでん屋は店をしまって車を引きながら、河岸《かし》を土手に沿って、みくら橋のほうへやって参りました。前後して、顔の包みをとった右門が、わざと千鳥足を見せながら、そのあとをつけました。とたん、侍姿の右門に気がついたとみえて、ふっとおでん屋台のあかりが消されました。同時に、ことりとなにか取り出したらしい物音は、たしかにあのけこみの中へ秘めかくしておいた玉乗りの黒い玉です――右門はかくし持っている御用龕燈をしっかりと握りしめました。間をおかないで、ふわふわと、さながら幽霊ででもあるように、玉に乗りながらおぼろやみの中から近よってきたものは、紛れもなくさっきの美人です。そら、眠りの術が始まるぞ！と思って龕燈を用意していると、それとも知らずに、予想どおり、いとも奇怪な一道の妖気《ようき》が、突如右門の身辺にそくそくとおそいかかりました。

「バカ者！」

とたんに、右門がわれ鐘のような大声で大喝《だいかつ》したのと、ちかり龕燈のあかりをその鼻先へ不意につきつけたのと同時でした。術は老雲斎先生のことばどおり、うれしくも破れました。

「あっ！」

といって、いま一度術を施し直そうとしたときは、一瞬早くむっつり右門の草香流柔術《やわら》の逆腕が相手の右手をさかしらにうしろへねじあげていたときでした。同時に、片手で右門は相手の胸をさぐりました。――しかるに、やはり乳がないのです。右門とても年は若いのですから、むしろあってくれたほうが、その点からいったっていいくらいのものだが、やはり乳はないのです。

「バカ者め！　女に化けたってべっぴんに見えるほどの器量よしなら、若衆になっていたってべっぴんのはずじゃねえか。さ、大またにとっとと歩け！」

女でなかったことがべつに腹がたったというわけではなかったのですが、なにかしら少し惜しいように思いましたので、右門はそんなふうにしかりつけました。

――いうまでもなく、そのおでん屋の見込み捕物《とりもの》によっていっさいの犯人があげられ、いっさいの犯行が判明いたしました。長助殺し事件も、三百両紛失事件も、人さらい事件は申すに及ばず、ことごとくがそれら一団の連絡ある犯行だったのです。それら一団というのは、天草の残党、すなわち知恵伊豆の出馬によって曲がりなりにも静まった島原の乱のあの残党たちでした。南蛮渡来の玉乗りも、むろんその切支丹伴天連が世を忍んだ仮の姿で、岡っ引き長助を殺した直接の下手人は、催眠の術にたけていたおでん屋親子とみせかけているその両名でした。なにゆえに長助をあんな非業の死につかしめたかというに、その原因は、右門が奉行所の調書によって疑問とにらんだ、あのだんなばくち検挙事件に関係があったのでした。ふたをあけてみると、さすがは切支丹伴天連の一味だけあって、実にその犯行は巧みな計画にもとづき、あくまでも宗門一揆《いっき》の再挙を計るために、まずかれらは軍資金の調達に勤めました。その一方法として、案出されたものが、金持ちのご隠居や若だんなたちを相手のいんちきばくちで、いんちきの裏には同じ切支丹伴天連の催眠の術が潜んでいたことはもちろんでした。その一つの賭場《とば》である牛込薬店へ偶然に行き当たった者が相撲上がりの長助で、不幸なことに、かれは少しばかり小欲に深い男でありましたから、検挙しながらわずかのそでの下で、とうとうご法をまげてしまったのです。けれども、かれら伴天連一味の者からいえば、賄賂《わいろ》によって一度は事の暴露を未然に防ぎ、わずかに急場を免れたというものの、やはり、長助は目の上のこぶでした。したがって、坂上与一郎親子に化けてあんな残忍な長助殺しの事件も起きたわけで、それにはまたかっこうなことに、女にしても身ぶるいの出るほどなあのおでん屋の美少年がいたものでしたから、まことにしばいはおあつらえ向きというべきですが、切支丹おでん屋の両名が行なった人さらい事件は、これも異教徒たちの驚嘆すべき計画の一つで、あのとおり美人に化けてその美貌《びぼう》につられて通う侍のお客を物色しながら、例の手でこれを眠らし、誘拐したうえにこれを切支丹へ改宗させて、おもむろに再挙を計ろうとしたためでした。侍のみを目がけたのは、いざというときその腕を役だたせよう、というので、玉乗りの玉を使った理由は、さも幽霊のしわざででもあるかのように見せかけて、少しでもその犯行への見込みを誤らしめようという計画からでした。三百両紛失事件は、これももちろん軍資金調達の一方法で、一味があげられたと同時に例の駒の持ち主はまもなく判明いたしましたが、右門のにらんだごとく三段の免許持ちで、天草から江戸へ潜入以来、賭《か》け将棋専門で五十両百両といったような大金を軍資金としてかせぎためていた伴天連の催眠術者でした。それが、あの日たまたま湯島の富くじ開帳へ行き合わせて、金星を打ち当てた町人をちょっと眠らしたというようなわけでしたが、とにかく右門のすばらしい功名に、同僚たちはすっかり鼻毛を抜かれた形でした。けれども、おなじみのおしゃべり伝六だけには、一つふにおちない点がありました。ほかでもなく、それは柳原からの報告をもたらしたとき、すぐに右門が玉乗りへやって行ったあの事実です。

で、伝六は口をとんがらかしながらききました。

「それにしても、いきなり玉乗りへ行ったのは、まさかだんなも伴天連の魔法を知ってるわけじゃありますまいね」

すると右門は即座に自分の耳を指さしたものでしたから、伝六が目をぱちくりしたのは当然。

「見たところへしゃげた耳で、べつに他人のと変わっているようには思えませんが、なにか仕掛けでもありますかい」

「うといやつだな。あのとき小屋の中でもそういったはずだが、お花見のときにきいた妓生の南蛮語だよ。はじめはむろんでたらめなべらべらだなと思っていたが、きさまがおでん屋で芋焼酎を売り物にしているといったあの話から、てっきり南蛮酒だなとにらんだので、南蛮酒から南蛮渡来の玉乗りのことを思いついて、妓生のべらべらをもう一度聞きためしにいったまでのことさ。あの玉乗りの太夫たちが唐人ことばで踊りを踊るということは、まえから聞いていたのでな。ねたを割りゃ、それだけの手がかりさ」

いうと、右門はおれの耳はおまえたちのきくらげ耳とは種が違うぞ、というように、唖然《あぜん》と目をみはっている同僚たちの面前で、ぴんぴんと両耳をひっぱりました。

顎十郎捕物帳

捨公方

久生十蘭

（一九〇二・四〜一九五七・一〇）本名阿部《あべ》正雄《まさお》、北海道函館市生れ。中学卒業後、新聞社に勤め詩を書き演劇に熱中した。昭和元年に上京、岸田国士《きしだくにお》に師事。四年渡仏、演劇を研究、八年に帰国し新築地《つきじ》劇団演出助手となり、「新青年」その他に探偵小説を発表する。二六年、歴史小説の新生面をひらいた「鈴木主水《すずきもんど》」で第二六回直木賞を受賞。以後、博識と技巧にささえられた水準の高い大衆文学作品を発表。ブラック・ユーモアの先駆の一人でもある。「顎十郎捕《あごじゅうろうとり》物帳《ものちょう》」は「奇譚《きたん》」（昭一四・一〜八）に連載、一七年春陽堂から刊行された。

不《しら》知《ず》森《のもり》

もう秋も深い十月の中旬《なかば》。

年代記ものの黒羽二重の素袷《すあわせ》に剝《は》げっちょろ鞘《ざや》の両刀を鐺《こじり》下りに落し込み、冷飯《ひやめし》草履《ぞうり》で街道の土を舞上げながら、まるで風呂屋《ふろや》へでも行くような暢気《のんき》な恰好《かっこう》で通りかかった浪人体。船橋《ふなばし》街道、八幡《やわた》の不知森のほど近く。

生得《しょうとく》、いっこう纏《まと》まりのつかぬ風来坊。二十八にもなるというのに、なんら、なすこともなく方々の中間《ちゅうげん》部屋でとぐろを巻いて陸尺《ろくしゃく》、馬丁《べっとう》などという輩《やから》とばかり交際《つきあ》っているので、叔父の庄兵衛《しょうべえ》がもてあまし、甲府勤番の株を買ってやったが、なにしろ、甲府というところは山ばかり。勤番衆といえば名だけはいかめしいが、徳川《とくがわ》もそろそろ末世で、いずれも江戸を喰《く》い詰めた旗本の次男三男。端唄《はうた》や河東節《かとうぶし》は玄人跣足《くろうとはだし》だが、刀の裏表も知らぬようなやくざ侍ばかり。

やくざの方では負《ひけ》は取らないが、その連中、気障《きざ》で薄っぺらで鼻持ちがならない。

すっかり嫌気がさして甲府を飛出し、笹子峠《ささごとうげ》を越えて江戸へ帰ろうとする途中、不意に気が変って上総《かずさ》の方へひン曲り、半年ばかりの間、木更津《きさらづ》や富岡《とみおか》の顔役の家でごろごろしていたが、急に江戸が恋しくなり、富岡を発《た》ったのがつい一昨日。今度はどうやら無事に江戸まで辿《たど》り着けそう。

諸懐手《もろふところで》。袂《たもと》を風にゆすらせながら、不知森のそばをノソノソと通りかかると、薄暗い森の中から、

「……お武家、お武家……」

たいして深い森ではないが、むかしから、この中へ入ると祟《たた》りがあると言い伝えて、村人はもちろん、旅の者も避けるようにして通る。

絶えて人が踏み込まぬものだから、森の中には落葉が堆高《うずたか》く積み、日暮れ前から梟《ふくろう》がホウホウと鳴く。

仙波阿古十郎《せんばあこじゅうろう》、自分では、もう侍などとはすっぱり縁を切ったつもり。いわんや、古袷《ふるあわせ》に冷飯草履。どうしたってお武家などという柄じゃない。そのまま行きすぎようとすると、

「……そこへおいでのお武家、しばらく、おとどまり下さい、チトお願いが……」

こうなれば、どうでも自分のことだと思うほかはない。呼ばれたところで踏み止ま

って、無精ッたらしく、

「あん？」

と首だけをそっちへ振向ける。……いや、どうも、振るった顔で。

どういう始末で、こんな妙な顔が出来上ったものか。

諸葛孔明《しよかつこうめい》の顔は一尺二寸あったというが、これは、ゆめゆめそれに劣るまい。

眼《め》も鼻も口もみな額際へはね上って、そこでいっしょくたにごたごたとかたまり、
厖大《ぼうだい》な顎《あご》が夕顔棚の夕顔のようにぶらんとぶらさがっている。唇の下からほぼ四寸がらみはあろう、顔の面積の半分以上が悠々と顎の分になっている。末すぼまりにでもなっているどころか、下へゆくほどいよいよぽってりとしているというのだから手がつけられない。

この長大な顎で風を切って横行闊歩《おうこうかつぽ》するのだから、衆人の眼をそば立たせずには置かない。甲府勤番中は、陰では、誰ひとり阿古十郎などと呼ぶものはなく、『顎』とか『顎十《あごじゆう》』とか呼んでいた。

尤《もつと》も、面と向ってそれを口にする勇気のあるものは一人もいない。同役の一人が、阿古十郎の前で何気なく自分の顎を掻《か》いたばかりに、抜打ちに斬《き》りかけられ、危く命をおとすところだった。

　またもう一人は、顎に膏薬《こうやく》を貼《は》ったまま阿古十郎の前へ出たので、襟首《えりくび》をとって曳《ひ》きずり廻《まわ》されたうえ、大溝に叩《たた》き込まれて散々な目に逢《あ》った。阿古十郎の前では、顎という言葉はもちろん、およそ顎を連想させるしぐさは一切禁物なのである。

　そういう異相を振向けて、森の木立の間を覗《のぞ》き込んで見ると、『八幡の座』と呼ばれている苔《こけ》の蒸した石の祠《ほこら》のそばに、払子《ほっす》のような白い長い顎鬚《あごひげ》を生やした、もう八十に手が届こうという、枯木のように痩《や》せた雲水の僧が、半眼を閉じながら寂然《じゃくねん》と落葉の上で座禅を組んでいる。

　阿古十郎は、枯葉を踏みながら、森の中へ入って行くと、突っ立ったままで、懐中から手の先だけだして、ぽってりした顎の先を摘みながら、

「お坊さん、いま、手前をお呼びとめになったのはあなたでしたか。」

「はい、いかにも、さよう……」

「えへん、あなたも、だいぶお人が悪いですな、わたしがお武家のように見えますか。」

「なんと言われる。」

「手前は、お武家なんという柄じゃない、お武家からにごりを取って、せいぜい御《お》普化《ふけ》ぐらいのところです。」

「いや、どうして、どうして。」

「行《ぎよう》というのは、まあ、たいていこうしたものなんでしょうが、でも、こんなところに坐《すわ》っていると冷え込んで疝気《せんき》が起きますぜ。……いったい、どういう心願でこんなところにへたり込んでいるんですか。」

「わしはな、ここであなたをお待ちして居《お》ったのじゃ。」

「手前を？……こりゃ驚いた。手前は生れつきの瘋癲《ふうてん》でね、気が向きゃ、その日の風次第で西にも行きゃあ東にも行く。……今日は自分の足がどっちへ向くのか、自分でもはっきりわからないくらいなのに、その手前がここを通りかかると、どうしてあなたにわかりました。」

老僧は、長い鬚をまさぐりながら、

「この月の今日、申《さる》の刻（午後四時）に、あなたがここを通り合すことは、未生前《みしよう》からの約束でな、この宿縁をまぬかれることは出来申さぬのじゃ。」

「おやおや。」

「わしは、前の月の十七日から、断食をしながらここであなたが通るのを待っておった。……わしがここへ坐り込んでから、今日がちょうど二十一日目の満願の日。……これもみな仏縁、軽いことではござない。」

老僧は、クワッと眼を見ひらくと、眼じろぎもせずに阿古十郎の顔を凝視《みつ》めていたが、呟《つぶや》くような声で、

「はあ、いかさま、な！」

慈眼ともいうべき穏かな眼なのだが、瞳《ひとみ》の中からはげしい光がかがやき出して顎十郎の目玉をさしつらぬく。総体、ものに驚いたことがない顎十郎だが、どうも眩《まぶ》しくて、まともに見返していられない。思わず首を竦《すく》めて、

「お坊さん、あなたの眼はえらい目ですな。……まぶしくていけないから、もうそっちを向いて下さい。」

老僧は、会心の体でいくども頷《うなず》いてから、

「……なるほど、見れば見るほど賢達理才の相。……睡鳳《すいはう》にして眼底に白光《びやつこう》あるは、遇変不眊《ぐうへんふぼう》といって万人に一人というめずらしい眼相。……天庭《てんてい》に清色あって、地府《ちふ》に敦厚《とんこう》の気促《きそく》がある。……これこそは、稀有《けう》の異才。……さればこそ、こうして待ちおった甲斐《かい》があったというものじゃ。」

顎十郎は、すっかり照れて、首筋を撫《な》でながら、

「こりゃどうも……。せっかくのお褒めですが、それほどのことはない。……生れつき、ぽんつくでしてね、いつも失敗ばかりやり居ります。……今度もね、甲府金

を宰領して江戸へ送る途中、何だか急に嫌気がさし、笹子峠へ金をつけた馬を放り出したまま、上総まで遊びに行って来たという次第。……とても、賢達の理才のというだんじゃありません。」

のっそりと踞《かが》んで、

「まあ、しかし、褒められて腹の立つやつはない。煽《おだ》てられてるのを承知で乗出すわけですが、二十一日も飲まず喰わずで手前を待っていたとおっしゃるのは、いったいどういう次第によることなんで。」

「じつは、少々、難儀なことをお願いしたいのじゃ。」

「いいですとも。……金はないが、これでも暇はあり過る男。……せいぜい褒めてくだすったお礼に手前の力に及ぶことならどんなことでもお引受けしましょう。……これで、いくらか酔狂なところもあるのです。……それで、手前に頼みとおっしゃるのは？」

「あなたがこの仕事をやり終《おお》せて下されば、国の乱れを未然に救うことが出来る。」

「これは、だいぶ大きな話ですな。……手前が国の乱れを？……へ、へ、へ、こいつァいいや。よござんす、たしかにお引受けしました。……では、早速ですが、ひとつその筋道を承わりましょうか。」

「早速のご承知でかたじけない。これで、わしも安心して眼をつぶることが出来ますのじゃ。」

「お礼にゃ及びません。……出家を救うは凡夫《ぼんぷ》の役、これも仏縁でしょうからな。」

「は、は、は、面白いことを云《い》われる。……では、お話申すことにいたす。……しかし、これは由々しい国の秘事でござるによって、人に聞かれてはならぬ。近くに人が居らぬか、ちょっと見て下されえ。」

「おやすいご用。」

顎十郎は、森を出て街道をずっと見渡したが、薄い夕靄《ゆうもや》がおりているばかり、上にも下にも人の影はない。念のために森の中も充分透かしてから戻ってきて、

「誰も居りません。」

「では、どうかもうすこしそばへ……この世で四人しか知らぬ国の秘事を解き明かし申す。」

「はあ、はあ。」

「……十二代将軍家慶《いえよし》公の御世子《およつぎ》、幼名政之助《まさのすけ》さま……いまの右大将家定《いえさだ》公は、本寿院《ほんじゅいん》さまのお腹で文政《ぶんせい》七年四月十四日に江戸城本丸にお生れになったが、それから四半刻《しはんとき》ばかりおいて、また一人生れた。……つまり双生児《ふたご》。」

「えッ。」

「驚かれるのも無理はない。いまの公方《くぼう》に双生児の兄弟があることを知っているのは、本寿院さまと家慶公と取上げ婆《ばば》のお沢、それにこのわしの四人。……尤《もっと》も、産室には三人の召使が居ったがこの秘事を伏せるため気の毒ながら病死の体になってしまった。」

「それで、あとのほうの公方さまはどうなりました。」

「その話はこれから。……国の世子に双生児は乱の基。……なぜと言えば、いずれを兄にし、いずれを弟にと定めにくいのじゃから、成長した暁、一人を世子と定めれば、他の方はかならず不平不満を抱く。……自分こそ嫡男であると言いたて、追々に味方をつくり、大藩に倚《よ》って謀叛《むほん》でも企《くわだ》てるようなことになれば、それこそ国の大事、乱の基。……前例のないことではないのだから、根を絶つならば、今のうち。……家慶公はひと思いに斬《き》ってしまおうとなさったが、本寿院さまの愁訴にさえぎられて殺すことだけは思いとまられ、十歳になったら僧にして草深い山里の破寺《やれでら》で何も知らさずに朽ちさせてしまうという約束で、その子をお沢に賜わった。……お沢は篤実な女でこの役にはまず打ってつけ。」

「へへえ。」

「そこでお子を懐に押隠し、吹上《ふきあげ》の庭伝い、そっと坂下御門《さかしたごもん》から出て神田紺屋町《かんだこんやちょう》のじぶんの家へ帰り、捨蔵《すてぞう》と名をつけて丹精し、八歳の春、遠縁にあたる、草津小野村《くさつおのむら》万年寺の祐堂という和尚に実を明かして捨蔵を托《たく》した。」

「その祐堂が、つまり、あなた。」

「……いかにも。やがて十歳になったので、剃髪《ていはつ》させようとすると、僧になるのを嫌って寺から出奔《しゅっぽん》してしまった。……それからちょうど十四年。……わしは雲水になって津々浦々、草の根を分けて捜し廻ったが、どうしても捜し出すことが出来申さぬ。……この春、一度寺を見るつもりで草津へ帰るとお沢の家主の久五郎というひとから赤紙つきの手紙が届いておった……」

「ははあ、いよいよ事件ですな。」

「手紙の趣は、昨年七月の二日の夕方、お沢の家から唸《うな》り声がきこえるから入って見ると、お沢が斬られて倒れている。……あわてて介抱にかかると、あたしのことはどうでもいい、この封書の中に三字の漢字が書いてあるが、これへ赤紙をつけてこの名宛《なあて》のところへ送ってくれと言って息が絶えてしまった。……そこで家主が状屋へ行こうとその封書を手に持って露路を出かかると、いきなり右左から同時に二人の曲者《くせもの》が飛びだして封書に手をかけるから、何をするといって振払うはずみに封書は三つに千切れ、二つは曲者に奪われ、ようやくこれだけじぶんの手に残った……」

「いや、それは困った。」

「せっかく臨終の頼みもこんな始末になって、なんとも面目ないが、暗闇《くらやみ》の出逢《であ》いで曲者どもの顔もよく見えず、取返すあてもないのだから、せめて何かの足しに自分の手に残ったたぶんだけを送るという文意……」

「なんとありました。」

「……開いて見ると、短冊形の紙の後が切れ、『五』という一字だけが残っている。……お沢がわしに書き越すからは、言うまでもなく捨蔵さまのいられる所の名にちがいない。……漢字で三字ということだから滋賀の五箇庄《ごかしょう》は言う迄《まで》もなく、五峰山から五郎潟《ごろうがた》、武蔵《むさし》の五日市《いつかいち》といいたるところを訊《たず》ねて廻ったすえ、この下総《しもうさ》の真間《まま》の奥に、五十槻《いそつき》という小さな村があるということを聞いたので、先の月の十五日にそこへ出かけて行って見たが、やはりそこにも居られない。」

「ふむ、ふむ。」

「わしの寿命は、この十月の戌《いぬ》の日の戌の刻（午後八時）につきることがわかっておるのじゃから、わしの力としては、もはや如何《いかん》とも成し難い。……幸いわしの命はまだ二十一日だけ残っているから、街道のほとりに坐って通りがかりの旅人の相《そう》貌《ぼう》を眺め、これと思う人間に後事を託そうと、それで、ここで断食をしていたというわけじゃ。」

「うむ……それにしても、そのような曲者がお沢を襲うようでは、何者かがその双生児の秘事を洩《も》れ知り、捨蔵さまとやらを訊ね出して、何事か企てようとしているのにちがいありませんな。」

祐堂和尚は、うなずいて、

「訝《いぶか》しいのは、前《さき》の大老水野越前《みずのえちぜん》、あれほどの失政をして御役御免になったにかかわらず、十ケ月と経《た》たぬそのうちに、将軍家直々のお声がかりで、またその職に復したという事実。その理由は家慶さまのほか誰一人知らぬ。まことに以《もっ》て訝しい次第。……この見当は当らぬかも知れぬが、ひょっとすると、あの佞奸《ねいかん》の水野が、最近に至って双生児の秘事を聞き知り、それを種に、上様に復職を強請したというようなことだったのではあるまいか。……果してわしがかんがえるようなことであって、捨蔵さまを水野に捜し出され、その腕の中に抱えこまれるようなことになったら、水野はどのような思い切ったことをやり出そうも測られぬ。……頼みとはこのことじゃが、どうか水野より先に捨蔵さまの居所を捜し出してこの書状をお渡しくだされ。……この書状には、そなわらぬ大望にこころを焦すはしょせん身の仇。浮雲の塵慾《じんよく》に惑わされず、一日も早く仏門に入って悠々と天寿を完《まっと》うなされと書いてある。……ここに捨蔵さまの絵姿もあるから、なにとぞ、よろしくおたのみもうす。」

「よくわかりました。……つまり、捨蔵さまの居所を捜しだしてこの手紙を渡し、早く坊主になれと言やいいんですね、たしかに承知しました。……それで、あなたはこれからどうなさる。」

「わしは間もなくここで死ぬ。……わしのことにはおかまいなく。」

「そうですか、せめて眼をおつぶりになるまでここにいて念仏のひとつも唱えてあげたいというところでしょうが、お覚悟のあるあなたのような方に向ってそんなことを言うのさえ余計。……では、和尚さん、どうぞ大往生なすってください。」

「ご縁があったら、またあの世で……」

「冗談おっしゃっちゃいけない……。あなたは否《いや》でも応《おう》でも極楽へ行く方。手前の方はてんで当なし。……あの世もこの世もこれがギリギリのお別れです。……では、さようなら。」

ピョコリとひとつ頭をさげると、冷飯草履をペタつかせながら街道の夕靄の中へ紛れこむ。

宙吊女

今夜のうちに千住《せんじゅ》までのす気で、暗い夜道を国府台へかかる。

右は総寧寺の境内で、左は名代の国府台の断崖《だんがい》。崖《がけ》の下には利根川《とねがわ》の水が渦を巻いて流れている。

鐘《かね》ケ淵《がふち》の近くまでノソノソやってくると、一丁ほど向うで、五人ばかりの人間が淵へ身を乗出すようにして、忍び声で代るがわる崖の下へ何か言いかけると、崖の下からおうむがえしに、よく透る落着いた女の声がきこえてくる。

何をしているのだろうと思って、断崖の端へ手をついて女の声のする方を斜に見下した途端、顎十郎は思わず、ほう、と声をあげた。

川霧がたてこめて月影は薄いが、ちょうど月の出で、蒼白《あおじろ》い月光が断崖の面へ斜にさしかけているので、そこだけがはっきりと見える。

蓑虫《みのむし》のようにグルグル巻きにされた一人の女が、六十尺ばかりも切立った断崖へ一本の綱で吊《つ》りさげられてブラブラと揺れている。

さっきから落着いた声でものを言っているのは、一本の綱で宙ぶらりんになっているその女なのだった。こんなことを言っている。

「……殺すというならお殺しなさい。……わけはないでしょう、この綱をスッパリと切りさえすればいいんですからね。どうせ、あたしはこんなふうにがんじがらめになっているのですし、こんなはげしい流れなんだから、あたしは溺《おぼ》れて死ぬほかはない。」

上の方では、押し殺したような含み声で、

「誰も殺すとは申して居らぬ。……一言、言いさえすれば、助けてやると言っているのだ。」

低い声だが、深い峡《はざま》に反響して、言葉の端々まではっきりと聞きとれる。

下の方では、ほ、ほ、ほ、と笑って、

「……何ですって？　白状するなら助けてやるって？……冗談ばっかし！……あたしが、そんな甘口に乗ると思って？」

上の方では、また、別な声で、

「いや、かならず助けてやる。……たった一声でいいのだ……早く言いなさい。」

「そう言う声は、御庭番の村垣さんですね。……御庭番といえば将軍さま御直配の隠密《おんみつ》。……吹上御殿の御駕籠台《おかごだい》の縁先につくばって、えへん、とひとつ咳払《せきばら》いをすると将軍さまがひとりで縁先まで出ていらして、人払いの上で密々に話をお聴きになる。……目安箱の密訴状の実否やら遠国の外様《とざま》大名の政治の模様。……そうかと思うとお家騒動の報告もあります。天下の動静は御庭番の働きひとつでどんな細かいことでも手にとるようにわかるというわけ。……ねえ、そうでしょう？　ちょっと土佐《とさ》を調べてこいと言われると家へも寄らずにその場からすぐ土佐へ乗込んで行く。……あなたの父上の村垣淡路守《あわじのかみ》が薩摩《さつま》を調べにいらしたときは、御庭先から出かけて行って二十五年目にやっと帰って来た。……御用のため、秘密を守るためなら、親兄弟じぶんの子供でも殺す。都合によってはじぶんでじぶんの片手片脚を斬り捨て、てんぼうに化けたりいざりに化けたりするようなことさえするんです。そういう怖い人が、そうやって崖の上に六人も腕組みをして突っ立っている。……たとえ、あたしがほんとうのことを言ったって、これほどの大事を知っているこのあたしを生かしておこう道理はない。……ねえ村垣さん、そう言ったようなもんでしょう？……言っても殺される、言わなくても殺されるじゃ、あたしは言わない。この秘密はこのままわたしの胸に抱いて死んでゆきます。……どのみち、殺すつもりなのなら早く綱をお切りなさいな。こんなところで宙ぶらりんになっているのはかったるくてしょうがないから。……ねえ、村垣さんてば……」

上の方では、六人が崖っぷちに踞み込んで、なにか相談をし合っているふうだったが、間もなく一人だけが立上ると、ズイと崖のギリギリのところまで進み出て、

「おい、お八重、お前、どうでも死にたいか。」

崖の下では、また、ほ、ほ、と笑って、

「ええ、死にたいのよ。……どうぞ、殺してちょうだい。……あなたたちだけが忠義面《ちゅうぎづら》をすることはない。……そちらが、将軍さまなら、こちらは本性院《ほんじょういん》様よ。命を捨ててかかっている腰元が五十や百といるんです。……殺したかったら、お殺しなさい。……あたしが死ねば、すぐお後が引継ぐ。……それでいけなければ、またお代り。……いくらだっているんだから、いっそ、気の毒みたいなもんだわ。」

「それだけ聞いて置けば結構だ。……お前がこの辺をうろつくからは、これで、だいたい方角もついた。……では気の毒だが綱を切る。」

「くどいわねえ。……方角がついたなんて偉そうなことを言うけど、あなた方にあの方の居《い》どころなんかわかってたまるものですか。せいぜいやってごらんなさいまし、お手並拝見いたし……」

言葉尻《じり》が、あッという叫び声に変ったと思うと、女の身体《からだ》は長い綱の尾を曳《ひ》きな

がら石のように落ちてゆく。

顎十郎は、うへえ、と顎をひいて、

「御庭番というだけあって、中々、思い切ったことをする。……ひどく切っぱなれのいいこった……それはそうと、いろいろ聞くところ、どうやら、だいぶ気障なセリフがまじっていたようだ。……祐堂和尚の言い草じゃないが、なるほど仏縁は争われねえ、こんなに早くご利益《りやく》があろうとは思わなかった。……ひとつ、川下であの女を引上げて、うまく泥を吐かしてやる。」

古袷の裾《すそ》をジンジンばしょりにすると、空脛《からずね》をむき出して、崖っぷちに沿ってスタコラと川下の方へ駆けだす。

このへんは足利《あしかが》時代の太田の城のあったあとで、そのころの殿守台《てんしゅだい》や古墳がところどころに残っている。古い城址《じょうし》の間を走りぬけて行くと、断崖に岩をそのまま刻んだ百五十段の石段が水際までつづいていて、その下に羅漢《らかん》の井戸という古井戸がある。

飛ぶように急な石段を駈《か》けおり、井戸のそばの岩のうえに蹲んで薄月の光をたよりに川上の水面を睨《にら》んでいると、先程の女がはげしい川波に揉《も》まれながら浮きつ沈みつ流れてくる。

女の頼み

水際に倒れていたひと抱えほどある欅《けやき》の朽木を流れの中へ押し落すと、身軽にヒョイとその上に飛乗り、押流されてくる女の襟くびを摑《つか》んで川岸へ引きよせる。波除《なみよけ》の杭《くい》に凭《もた》せておき、石子詰《いしこづめ》の蛇籠《じゃかご》に腰をかけてゆっくりと一服やり、

「これで一段落。……あとは水を吐かせるだけ。」

暢気なことを言いながら、薄月に顔むけて眼を閉じている女の顔をつくづくと眺める。

二十歳《はたち》といっても、まだ二十一にはならない。目鼻立ちのきっぱりした瓜実顔《うりざねがお》。縮緬《ちりめん》の着物に紫《むらさき》繻子《しゅす》の帯を立矢《たてや》の字に締め、島田に白い丈長《たけなが》をかけ、裾《すそ》をきりりと短く端折って白の脚絆《きゃはん》に草鞋《わらじ》を穿《は》いている。

「これは大したもんだ。甲府じゃこんな鼻筋の通った女にお目にかかったことがなかった。……齢《とし》はまだ二十歳になったぐらいのところだが、崖に吊りさげられながらあんな悪態をつくなんてえのは、この齢の小娘にはちょっと出来ない芸当だ。……波切りの観音さまのようなおっとりした顔をしているくせに、よくまああんな

憎まれ口が利けたものだ、これだから女は怖《おつ》かねえ。……しかし、いつまでもこうしておくわけにはゆくまい、どれ、水を吐かせてやるか。」

吸殻を叩いて煙草入《タバコいれ》を袂《たもと》へ落すと、やっこらさと起《た》ちあがり、まるでごんどう鯨でも扱うように襟を摑んでズルズルと磧《かわら》へ引きあげる。衿《えり》をおし開けて胸のはうへ手を差し入れ、

「おう、まだ温みがある。このぶんなら大丈夫。……落ちる途中で気を失ったとみえて、いいあんばいにあまり水も飲んでいない。」

がんじがらめになっている縄を手早く解いて俯向《うつむ》けにして水を吐かせ、磧の枯枝や葭《よし》を集めて焚火《たきび》を焚き、いろいろやっているうちに、どうやら気がついたらしく微《かす》かに手足を動かし始めた。

「へえ、お生き返りあそばしたか。」

女の肩に手をかけて手荒く揺すぶりながら、

「姐《ねえ》さん姐さん、気がつきなすったか。」

女は、長い溜息《ためいき》をひとつ吐くと、ぼんやりと眼を開いて怪訝《けげん》そうにあたりを見廻し、

「……いま、なにか仰有《おっしゃ》ったのはあなたでしたか。……あたしはいったい、どうし

たのでしょう。」

「どうしたもこうしたもありゃしない、お前さんが鐘ケ淵へ落し込まれて土左衛門《どざえもん》になりかかっているのを、手前がやっとの思いで助けてあげたんで。」

女は、あら、と眼を見張って、

「あなたが、あたしをお助けくださいましたの。」

「どうも話がくどくていけねえ。助けたからこそ、こうしているんです。さもなけりゃあ、今ごろは行徳《ぎょうとく》の沖あたりまでつん流れて行って鰯《いわし》にお尻を突つかれているころだ。」

「まあ、面白い方。……普通なら、ひとを助けておいてなかなかそんな冗談はいえないものですわ。そんなところに突っ立っていないで、まあ焚火にでもおあたりなさいませ。」

顎十郎は、毒気をぬかれて、うすぼんやりと焚火のそばへ踞み込むと、女は裾を直し改めて艶《なま》めかしく横坐りして焚火に手を翳《かざ》しながら、

「ほんとうのことを言いましょうか。……じつはね、あたし、もうすこし先から気がついていたんですけれど、あなたがどんなことをするのかと思ってようすを窺《うかが》っていましたの。」

「じゃ、あんたは、手前があんたの足や胸を温めてやったのを知っていたんで。」

「ええ、知っていましたわ、どうもご親切さま。」

「こいつは驚いた。……江戸の人はひとが悪いというが、へえ、ほんとうだね。」

「でも、こんな磧に男一人女一人。……何をされるかわからないとしたら、やはり怖いでしょう。」

「ぷッ、冗談いっちゃいけねえ。……六十尺もある崖に宙吊りになって、あんな後《ご》生楽《しょうらく》を並べていたお前さんでも怖いものがありますのか。」

「まあ、いやだ。……あなた、あれを聴いていたの。そんなら、今更、猫をかぶっても手後れね。」

「いい加減にからかっておきなさい、手前は先を急ぐから、あんたなんかに、かまっちゃいられねい。」

わざと身振りをして立ちかかると、女は手で引きとめ、

「あたしをこんなところへ一人置いて行って、狼《おおかみ》にでも喰《く》われたらどうします。……それこそ仏をつくって魂を入れずというもんだわ。……それに、少々折入ってお願いがありますの。」

顎十郎は、頭を掻《か》いて、

「やあ、どうもこいつは弱った。……お願いというのはいったいどんなことけえ。……気が急《せ》くからね、手ッ取り早くやってくだせい。」

「どうやらあんたは甲府訛《なまり》。……あちらのほうからいらした方なの。」

「わしゃあ甲府の郷士《ごうし》の伜《せがれ》でね、江戸へ出るのはこんどが始めてだ。……それはそうと、いってえ、どんな科《とが》であんなえれえ目にあっていなすったけえ。」

「あたしは本性院様というお局《つぼね》の側仕《そばづか》えで八重というものですが、あたしがさるお大老の悪事を知っているばかりに、いろいろなやつが寄ってたかって、あたしを殺してしまおうとしますの。……あなたは見たから知っているでしょう、こんな脆弱《かよわ》い女一人を、大勢の男であんなひどい目に逢わせるんです。……ねえ、あなた、あたしを気の毒だとは思わない？」

「それは、まあ、気の毒だと思う。」

「あたしに力を貸して、助けてくれる気はなくって。」

「事柄によっちゃ力を貸してもいいだが、それは、いったいどんなこと。」

お八重は、顎十郎の膝《ひざ》に手をかけて、

「ほんのちょっとしたことなの。……江戸、龍ノ口《たつのくち》の評定所《ひょうじょうしょ》というところの腰掛場に目安箱という箱がさがっていますからそれを持って来ていただきたいの。」

目安箱というのは、歴代の将軍が民情を知る具にした訴状箱で、老中の褒貶《ほうへん》、町奉行、目付、遠国の奉行の非義失政などの忌憚《きたん》のない密告書が出てくる。これを本丸へ差しだすときは、老中の用部屋まで六人の目付が附添《つきそ》い、老中から用部屋坊主、時計の間坊主、側用取次というふうに順々に手渡しされ、将軍は人払いの上、首に掛けている守袋から目安箱の鍵《かぎ》を取りだして手ずから箱を開くという厳重なもの。濫《みだり》にこの箱を開けたりすると、その罪、死にあたる。

それを、ちょいと持って来いという。

顎十郎、あまり物怖《ものおじ》しない方だが、これには、いくらかおどろいた。世の中には、えらい女もいるものだと舌を巻きながら、トホンとお八重の顔を眺め、

「それを持って来りゃあいいんだね。……そんなことならわけはなさそうだ。……よっぽど重いかね。」

「まあ、いやだ。箱なんかどうだっていいのよ。……箱の中にある手紙だけがほしいの。」

「よし、わかった。……それで、その手紙をどこへ持って行くかね。」

「あさっての六ツ（午前六時）に、湯島《ゆしま》天神の鐘撞堂《かねつきどう》の下まで持って行って下さ

い。」

「心得申した。」

「ほんとうにご親切ね。」

「いや、それほどでもねえが……」

目　安　箱

二年ぶりで帰る江戸。

懐手のままでぬうと脇阪《わきさか》の中間部屋へ入って行く。

上《あが》り框《かまち》で足を拭《ふ》いていたのが、フト顔をあげて顎十郎を見ると、うわあ、と躍りあがった。

「先生……いつお帰りになりました。」

「いま帰って来たところだ。……甲府は風が荒いでな、おれのような優男《やさおとこ》は住み切れねえ。……おい、またしばらく厄介になるぞ。」

「あっしらあ、先生に行かれてしまってから、すっかり気落ちして、とんと甲府の方ばかり眺めて焦れわたって居りました。……おい、みんな、先生が帰って来なすった。……早く、来い来い……」

奥からバタバタと駆出して来た陸尺に中間。

「いよう、先生、ようこそお帰り。」

と大はしゃぎ。担ぐようにして奥へ持って行く。

その翌朝、七ツ（午前四時）頃、顎十郎は岩槻染《いわつきぞめ》、女衒立縞《ぜげんたてじま》の木綿の着物に茶無地の木綿羽織。長い顎を白羽二重の襟巻でしっかりとくるんでブラリと脇阪の部屋を出る。亀《かめ》の子《こ》草履に剝っちょろの革の煙草入を腰にさげているところなどは、どう見ても田舎の公事師《くじし》。

「どういういきさつなのか知らないが、いずれ曰《いわ》くは目安箱の中にある。……ところもあろうに評定所から目安箱を盗み出すなどというのは、少々、申訳がないが、国の乱れを防ぐというのでありゃあ、それも止《や》むを得んさ。……まあまあ、やって見ることだ。」

ブツブツ言いながら、お濠傍《ほりばた》へ出、和田倉門《わだくらもん》を入ると突当りが町奉行御役宅。その右が評定所。老中と三奉行が天下の大事を評定する重い役所で、公事裁判もする。寄合場《よりあいば》大玄関の左の潜門のそばに門番が三人立っている。ジロリと顎十郎の服装を見て、

「遠国公事だな。」

「へえ、さようでございます。」

「公事書はあがっているか。」

「へえ、さようでございます。」

「寄合公事か金公事か。」

「寄合公事でございます。」

「そんならば西の腰掛へ行け。」

「ありがとうございます。」

玉砂利を敷いた道をしばらく行くと、腰掛場があって床几《しょうぎ》に大勢の公事師が呼出を待っている。突当りが公事場へ行く入口で、式台の隅のほうに、壁に寄せて目安箱が置いてある。

黒鉄《くろがね》の金物を打ちかけた檜《ひのき》の頑丈な箱で、ちょうど五重の重箱ほどの大きさがある。

顎十郎は床几にいる人たちに丁寧に挨拶《あいさつ》しながら式台のほうへ歩いて行くと、式台へ継ぎはぎだらけの木綿の風呂敷《ふろしき》を敷いて悠々と目安箱を包みはじめた。

まさか天下の目安箱を持ってゆく馬鹿もない。何をするのだろうと四五人の公事師がぼんやり眺めているうちに、顎十郎は目安箱を包むとそれを右手にさげ、はい、ごめんくらっせえ、と挨拶をして腰掛場を出てゆく。

よっぽど行ってから、ようやく気がつき、二三人、床几から飛びあがって、

「ヤッ、泥棒！」

「飛んでもねえことをしやがる。やい、待てッ……」

砂利を蹴《け》って後先になってバラバラと追いかけて来る。

「糞《くそ》でも喰《くら》え、だれが待つか。」

じぶんも大きな声で、泥棒、泥棒と叫びながら潜門のほうへ駆けだし、

「お門番、お門番。いまそこへ盗人《ぬすっと》が走って行きます。」

詰所で将棋を差していた門番が、驚いて駒《こま》を握ったまま飛びだして来る。

「やいやい、何を騒いでいやがるんだ。」

顎十郎は、息せき切って、

「ど、泥棒。……いま、ぬすっとが逃げて行きました。」

「馬鹿をいえ、そんなはずはない。」

「はずにもなにも……あれあれ、あそこへ……」

待て待て、そのぬすっと待て、と叫びながら潜門を飛びだす。

和田倉門のほうへ行かずに、町奉行の役宅の塀についてトットと坂下門《さかしたもん》のほうへ駆けながら、うしろを振返って見ると、番衆や同心《どうしん》に公事師もまじって一団になってワアワアいいながら追いかけて来る。……どっちへ逃げてもお濠のうち。

紅葉山《もみじやま》の下を半蔵門《はんぞうもん》のほうへ走りだして見たが、このぶんでは半蔵門で捕るにきまっている。

「ままよ、どうなるものか、西の丸の中に逃げ込んでしまえ。」

幸いあたりに人がない。

躑躅《つつじ》を植えた紅葉山の土手に取っついて盲滅法《めくらめっぽう》に掻きあがる。

飛込んだところが、ちょうど廟所《びょうしょ》のあるところ。築山《つきやま》をへだてて向うにお文庫の屋根が見える。顎十郎は、楓《かえで》の古木の根元へドッカリと胡坐《あぐら》をかき、

「ここまで来りゃあ大丈夫。……いま、西の丸へ怪しきやつが入り込みましたから、何卒《なにとぞ》ご支配までお通じください。……支配から添奉行、添奉行から吹上奉行と手続きを踏んでいるうちにとっぷりと日が暮れる。……まあ、そう言ったようなわけだ……では、ひとつ箱を壊しにかかるか。」

懐中から五寸ばかりの細目鋸《ほそめのこぎり》を取りだして状入口からゴシゴシと挽《ひ》き切りはじめる。

剳開《くりあ》けた穴から手を入れて見ると、五通の訴状が入っている。

丁寧に封じ目を解いてひとつずつ読んでいたが、五通目の最後の訴状に眼を走らせると、

「うへえ！」

と言って、首をすくめた。

女々しいことですが、わたくしは前《さき》の本性院様の側仕への八重と申す女に捨てられた男でございます。

その怨《うら》みを忘れることが出來ませんので、意趣を晴らすため、八重の一派が企てをる謀叛の事實をこゝに密訴いたします。

一味と申しますのは大老水野越前守、町奉行勘定奉行鳥居甲斐守《とりゐかひのかみ》、松平美作守《まつだいらみまさかのかみ》支配、天文方見習御書物奉行兼帯澁川六藏《しぶかはろくぞう》、甲斐守家來本庄茂平次《ほんじやうもへいじ》、金座お金改役《あらためやく》後藤三右衞門《ごとうさんうゑもん》、並に中山法華經《ほけきやう》事件にて病死の體でお暇《いとま》を賜はつた本性院伊佐野の局《つぼね》、御側役八重、それらの者で家定公御双生の御兄君捨藏様の御居所を存じをる如《ごと》くに見せかけ、それを以《もつ》て水野は上様を壓《お》しつけて復職を强請したわけですが、實のところそのやうなことはなく、昨年九月、八重が神田紺屋町なるお澤と申す者

を襲つて奪つた捨藏樣の御居所を示す『大』といふ一字を認《したた》めたものが手にあるだけでございます。

現にお八重は昨日國府臺のあたりへ所在を探索に行つてゐるほどで、これを以《も》つても彼等の一味は、まだ捨藏樣の居所を知つてゐないといふ證據になるのでございます。鳥居甲斐守は組下の目明下つ引《めあかし》を追ひ廻して昨年暮から密《ひそ》かに大探索を續けてをりまするが、まだ確かな手掛はない樣子でございます。

實情はこの通りでございますが、猶《なほ》、洩れ聞くところでは水野の一派は捨藏樣の御居所を捜しだし、これを擁立して御分家を強請し、己等一味の勢力を扶殖し、同時に阿部伊勢守《あべいせのかみ》を打倒する具に使はうとする意志のよしでございます。以上

将　軍

「悧巧《りこう》なようでもやっぱり女。……田舎ものだと、てんから嘗《な》めてかかったのが向うのぬかり。袖《そで》にした情夫が、いずれそれくらいなことはするだろうと見込んで、女には寄りつけない評定所のことだから、風来坊のおれにこんな仕事をやらせたのだろうが、おれのほうとすれば、思いもかけないいいい仕合せ。明日、湯島天神の境

内であの女に逢ったら、よくお礼を言ってやる。……それはそうと、坊さんも祐堂和尚ほどになれば大したもんだ。今頃は不知森で大往生をしたのだろうが、いながらにしてちゃんと水野のことを見抜いていた。……これでおれの手に『五』と『大』の二字が手に入ったから、残るところは僅《わず》か一字。……いったいどんなやつの手にあるのかしらん。……しかし、あせってもしょうがねえ、そのうちにかならずあたりをつけて見せる。……こうして、下人が足を踏み込んだことがない吹上御殿へ飛込んだのだから、どんなふうになっているものか、ついでのことに見物して行ってやろう。」

五つの訴状を胴巻の中に入れ、楓の木の間づたいにブラブラと築山のほうへ歩きだす。

築山の裾の林をぬけると、広々とした芝生になり、その向うは水田で、水田の北と南に小さな小山が向き合っている。

「なるほど、あれが音に聞く木賊山《とくさやま》と地主山か。……このようすを見ると、まるで山村。……お廓《くるわ》うちにこんなところがあるとは思われない、いや、大したもんだ。」

広芝の縁を廻って木賊山の裾のほうへ入って行くと、そこには見上げるような奇《き》巌怪壁《がんかいへき》が聳《そび》えたって二丈余りの滝が岩にかかり、流れは林や竹藪《たけやぶ》の間をゆるゆるとうねりうねって、末は広々とした沼に注ぎ込んでいる。

沼を囲む丘の斜面のところどころに四阿《あずまや》や茶室が樹々《きぎ》の間に見え隠れし、沼の西側は広々としたお花畑で、色とりどりの秋草が目もあやに咲き乱れている。

顎十郎は、呆気《あっけ》に取られ眺めていると、花畑と反対の並木路《なみきみち》のほうに人の跫音《あしおと》がする。

「おッ、こいつあいけない、こんなところで捕ったら、首がいくつあったって足りはしない、どこか身を隠すところがないかしら。」

どこもここも見透しで、これぞといって身を隠す場所がない。そのうちに、すぐそばの数寄屋《すきや》の庭先に二抱えほどもある大きな古松が聳えているのに眼をつけ、

「こうなりゃあ、しょうがない、あの松の枝の間にでも隠れるほかはない。」

走り寄って幹に手をかけ、スルスルとよじのぼり、中段ほどの葉茂みの中に身を隠してホッと息を吐いていると、枝折戸《しおりど》をあけて静かに入って来た、三十五六の、精悍《せいかん》な眼つきをした一人の男。

松坂木綿《まつざかもめん》の着物を着流しにして茶無地木綿の羽織を着ている。身体つきは侍だが服装は下町の小商人《こあきんど》。妙なやつがやってきたと思って眺めていると、その男は数寄屋の濡縁《ぬれえん》に近い庭先へ三つ指をつき右手を口にあてて、えへん、えへんと二度ばか

り軽く咳払《せきばら》いをした。

しばらくすると、数寄屋の障子がサラリと明いて、縁先へ出てきたのは五十一二の寛闊《かんかつ》なようすをしたひと。

これも着流しで縁先まで出てくると、懐手をしたまま、

「おお、村垣か。……あれは、その後どうなっておる。……所在はわからぬか。」

村垣と呼ばれた男は、ハッとうやうやしく頭をさげ、

「今しばらく、御容赦を願います。……じつは、いつぞやお話し申しあげました伊佐野の局の召使八重と申す者を国府台で追い詰め、及ぶかぎり糺明いたしましたが、何としても白状いたしませんので後々のためを思いまして鐘ケ淵へ沈めてしまいました。」

「それでは、手蔓《てづる》がなくなる。」

「ご心配には及びません。八重は、間もなく郷士体の者に救いあげられ、恙《つつが》なく江戸へ帰っております。」

「ほう。」

「八重のほうでは、われわれが、八重はもう死んだと思っているものとかんがえ、今迄《いままで》よりも自由に働くことでございましょうから、八重をさえ見張っておりますれ

ば、かならず御在所が判明いたすことと存じます。……われわれの見込みでは、八重が国府台あたりを徘徊《はいかい》いたすによっても、御在所は、まず、あのへんの見込み。……北は川口《かわぐち》、東は市川《いちかわ》、南は千住、この三角の以内と察しております。」

「その中に『鹿《しか》』という字のついた地名があるか。」

「……残念ながらございません。……手前のかんがえでは、これは鹿ではなく平仮名の『か』あるいは『しし』と読ませるつもりと心得ます。……『か』は申すまでもなく鹿《か》の子《こ》の『か』……。『しし』は鹿谷《ししがたに》の『しし』。……まず、かようなわけと愚考いたします。」

「いかさま、な。……何はともあれ、一日も早く居所を捜しだし、不愍《ふびん》だが手筈《てはず》通りにいたせ。そうなくては佞奸の水野を圧《おさ》えることが出来ぬ。……水野の復職の理由が不明だによって、閣内はいうまでもない、市中でもさまざま取沙汰《とりざた》するそうな。……わしとしては、この上、一日も水野の圧迫を忍びとうない、不快じゃ。」

「おこころは充分お察し申しあげております。……かならず……かならず……」

「たのむ。」

寛闊なひとは、それで数寄屋の中へはいってしまった。村垣は庭土に三つ指をついて首を垂れたまま、いつまでもじっとしている。

顎十郎は、松の上で、

「……早く行かねえか！　これじゃ降りられやしねえ、泣くならどこかへ行って泣け。」

とボヤいていると、村垣はようやく膝の土を払って立ちあがり、顔を俯向けるようにして並木路のほうへ行ってしまった。

顎十郎は、そろそろと松の木からおりて沼の縁を廻り、竹藪の中へ逃げこむと、またしても大胡坐をかき、

「……あなたまかせの春の風。……もうひとつの漢字がわかって、その上読み方まで教わりゃあ世話はない。……すると、お沢婆さんの書いた三字の漢字というのは『五』と『大』と『鹿』だ。……鹿は鹿の子の『か』と読ませるつもりだそうだから、すると『五』は五月《さつき》の『さ』。こりゃあ、わけはない。すると『大』はこの筆法で、大臣《おとど》の『お』かな、それとも大人《うし》の『う』かな。……『さおか』。ではなしにならないから。するとやはり大人のほうで『さうか』。……さうか……、そうか……、草加《そうか》！……ふ、ふ、なるほど！」

涎くり

湯島の古梅庵《こばいあん》という料亭の奥座敷。

柱掛に紅梅がひと枝挿《い》けてあって、その下で顎十郎が口の端から涎《よだれ》を垂して、ぼんやりと眼を見開いている。

これと向きあって、紫檀《したん》の食卓に腰をかけ、ニヤニヤ笑っているのは、鐘ケ淵のれいのお八重。

高く組んだ膝の上へ肱《ひじ》をついて掌《てのひら》で顎を支え、ひどくひとを馬鹿にした顔つきで、

「ほほほ、ちょいと顎さん……。仙の字。……何もかも承知のくせに、すッ恍《とぼ》けてあたしを嬲《なぶ》ろうとしたって、そうまくはゆきませんのさ。……お前さんが、風呂へ行っている隙《すき》に、祐堂和尚の手紙を読んで、あんたが知っている字も、和尚のおせっかいも、何もかもみんなわかってしまったの。……『五』という字が手に入ればもうこっちのもの、捨蔵様の居所はこれでちゃんとわかりましたからあたしはひと足先にまいりますよ。……始めて江戸へ出て来たひとをこんな目に逢わせてお気

の毒さまみたいなもんだけど、これに懲りて、もう柄にないことはおよしなさい、わかりましたか。……ご縁があったら、またいずれ。……あとで手足の痺《しび》れが直ったら、ちゃんと涎を拭いておきなさい。……くどいようだが、あたしはこれから行きますよ、よござんすね。……では、さようなら。」

「ち、ち、ち……」

「畜生と言いたいのでしょう、急がずに、あとでゆっくりおっしゃい、ね。」

言いたいだけのことを言って赤い舌を出すと、お八重はツイと小座敷から出て行ってしまった。

痺薬《しびれぐすり》のせいで手足は利かないが、頭は働く。口惜しくて腹の中が煮えくり返りそうだが、顎の筋まで痺れたとみえて歯軋《はぎし》りすることさえ出来やしない。

それからひと刻《とき》。

ようやく手足がすこしずつ動くようになった。半分這《は》うようにして帳場まで行き、曳綱後押附の三枚駕籠《さんまいかご》を雇ってもらい、その中へ転がり込むと、レロレロと舌を縺《もつ》らせながら、

「そ、う、か……そ、う、か……」

「おい、お客さまが、そうかそうか、とおっしゃっていられるぜ。」

「何がそうかなんですえ。」

「そうか……そうか。」

「草加までいらっしゃろうというんで。」

「ああ、そ、そだ。……飛ばして……くれ。金は……いくらでも……や、る。」

「おう、相棒、酒手はたんまりくださるとよ……早乗りだ。」

「おう、合ッ点だ。」

一人が綱を曳き、三人の肩代り。後棒へまた二人取りついて、

「アリャ、アリャ。」

一団の黒雲になって飛ばして行く。

北千住から新井《あらい》と、ひき継ぎひき継ぎ駈けて行くうちに、後棒につかまっているのが、頓狂《とんきよう》な声で、

「……ねえ旦那《だんな》、妙なことがありますぜ。……あっしらのあとへ、さっきから早駕《はやか》籠《ご》がくっついて来るんです。……あれもやっぱりお仲間ですかい。」

顎十郎は、えッと驚いて、

「そ、そんなことはない。……いってえ、その早駕籠は、どのへんからついて来た。」

「古梅庵の角でこっちの駕籠があがると、それから、ずっとくっついて来ているんです。」

「その駕籠に乗ったやつの顔は見えなかったか。」

「ええ見ましたとも！　高島田に立矢の帯の、てえした別嬪《べっぴん》ですぜ。」

「畜生ッ、お八重のやつだ。……なあるほど、かんがえてみると、村垣が持っている一字をお八重が知っているわけはない。……おれに痺薬を嚥《の》ませてその間に早駕籠の用意をし、痺れがとれたらおれが闇雲《やみくも》に飛出すのを見越して古梅庵の角で待っていやがったんだ。……こうまで馬鹿にされりゃ世話はねえ。」

「……ねえ旦那、もうひとつ妙なことがあるんです。……女の早駕籠のあとを、もうひとつ早駕籠が来るんで……」

「えッ、その駕籠はどこからついて来た。」

「それも、やっぱり古梅庵の角からなんで……」

「どんなやつが乗っていた。」

「頰のこけた、侍のような、手代のような……」

「ちえッ、村垣の野郎だ。……おれは草加までお八重をひっ張ってゆき、お八重は草加まで村垣を案内するというわけか。……してみると、一番の馬鹿はこのおれか。

……畜生ッ、そんなら、おれにもかんがえがある。」

大声で駕籠舁《かごかき》どもに、

「おい、おい、少々わけがあって、おれは向うの土手のあたりで駕籠から転げ出すから、お前たちはここから脇道《わきみち》へ入って、上総のほうまで出まかせに飛ばせてくれ。どうでもあいつらを巻かなくちゃならねえのだ。……駕籠代と祝儀合せて十両、この座蒲団《ざぶとん》の上へおくからな、たのんだぞ。」

「よござんす、合ッ点だ。」

西新井の土手へ差しかかると、顎十郎は、はずみをつけて駕籠から飛びだし、土手の斜面を田圃《たんぼ》のほうへゴロゴロと転がり落ちて行った。


捨蔵さまは草加の村外れで寺小屋を開いていた。

万年寺を逃げ出したのには深いわけがあったのではない。話にきく江戸の繁昌《はんじよう》を見たかっただけのことだった。二十歳のとき、お君《きみ》という呉服屋の娘と想《おも》い合い、この草加へ駈落《かけお》ちして来て貧しいながら平和な暮しをつづけていた。

捨蔵さまは、なかなか剃髪する決心がつかなかったが、それから二月ののち、上《うえ》野《の》の輪王寺《りんのうじ》へはいった。

それから間もなく水野が失脚し、再び立つことが出来なくなった。

貧乏同心御用帳
南蛮船

柴田錬三郎

（一九一七・三〜一九七八・六）岡山県生れ。本姓斎藤。昭和一五年慶応大学文学部支那《シナ》文学科卒。二六年「イエスの裔《すえ》」により第二六回直木賞受賞。三一年「眠狂四郎無頼控《ねむりきょうしろうぶらいひかえ》」で一躍流行作家となった。以後、「剣は知っていた」「赤い影法師」「運命峠」「図々《ずうずう》しい奴《やつ》」「三国志　英雄ここにあり」（四五年吉川英治《よしかわえいじ》文学賞受賞）等の作品を次々に発表、五三年六月死去するまで常に文壇の第一線で活躍した。「貧乏同心」シリーズは週刊読売（昭四四・九〜四五・五）に連載され読売新聞社より刊行。『柴田錬三郎自選時代小説全集』第五巻（全三〇巻、集英社刊）に収録されている。

その一

まことに、奇妙な家であった。

わずか三部屋（のみならず、そのうちの一室は、畳を横に六畳ならべた細長い、使いものにならないものであった）の家に、十人が同居していたが、主を除けば、のこらず、少年なのであった。

上は十四歳から、下は六歳まで、丸い顔、四角な顔、肥《ふと》ったの、瘦《や》せたの、目やにをためている奴《やっ》、四六時中くんくん鼻を鳴らしている奴、口笛の上手な陽気な子、むっつりして大人びた表情の子——共通しているのは、いずれも両親の顔を知らぬ少年たちが、起居しているのであった。

主の大和川喜八郎《やまとがわきはちろう》は、江戸町奉行所の町方同心《どうしん》で、三十二歳、いまだ妻帯したことはない。したがって同居させている少年九人のうち、自分の子は一人も含まれていない。

町奉行所の同心など、貧乏を裃《かみしも》にしてきている、といわれるくらいなので、妻子三人ぐらしでも、まともな三食を摂《と》れる状態ではなかった。

食い盛りの少年を九人もかかえて、しのぎがつく道理はないのであったが、そこが、面白いところで、義理人情と心意気の尊重される江戸の市井では、かえって、この私設孤児収容所には、食いきれぬほどの品ものが贈られるあんばいで、むしろその点では、近隣の同役の台所よりもゆたかにさえみえる。

そればかりか、九人の少年が、いずれも、小ざっぱりした筒袖《つつそで》をまとっているのも、あちらこちらの世話やきのおかげであった。

大和川喜八郎が、特に子供好きであったという次第ではない。はじめは、やむなく、一人あずかっただけであった。

ある裏店《うらだな》に住んでいた西国出身の浪人者が、浅草《あさくさ》奥山で、十歳あまりの浮浪児を使って、手裏剣の見世物をやっていた。

浮浪児を、三間あまりはなれた地点へ、戸板を背にして立たせておいて、この軀《からだ》のまわりへ紙一重に手裏剣を打ち込む、という芸当を見せていたのである。

この浪人者は、酒ぐせがわるく、ある宵《よい》、浅草界隈《かいわい》の地廻《じまわ》りを十数人もむこうにまわして、乱闘した挙句、斬《き》り殺されてしまった。

この事件をとりあつかった大和川喜八郎が、地廻りを数珠《じゅず》つなぎにして、小伝馬《こでんま》町《ちょう》の牢屋敷《ろうやしき》へほうり込んでおいて、自宅へもどって来ると、浪人者に養われていた浮浪児が、ちょこんと坐《すわ》っていたのである。

いわば、小さな押しかけ居候《いそうろう》であった。

「しようがねえ。飯ぐらいはたけるだろう」

と、許してやると、十日も経《た》たないうちに、一つか二つ年下の浮浪児を、つれて来た。

「あの町方は、孤児をやしなっている」

という評判が立つと、お節介な者が、わざわざ、遠くから、二三歳の捨児をつれて来て、

「お願いします」

と、置いて行ったりして、この数年で、九人に増えてしまったのである。

喜八郎は、孤児たちをかかえてみると、少年同士で、ちゃんとくらしの秩序をつくることを、知らされたことだった。

こちらが、いちいち、教えずとも、少年同士が、勝手に、炊事当番やら掃除洗濯係りやらをつくって、輪番制をもうけ、また、年上の子は年下の子の面倒をみるし、

すり傷の手当から寝小便《ねしょうべん》の世話まで、一切、自分たちの手ですませてしまうので、喜八郎自身は、何もせずに、ただ眺めているだけでよかった。

喜八郎が教えることといえば、手習いだけであった。

九人も同居していながら、家の中は、きわめて静かであった。

時には、反目し合って喧嘩《けんか》も起るが、その時は、裏の空地へ出て、正々堂々と、組打ちをやっている様子であった。着物はよごれるから、双方すっ裸になって、土まみれ傷だらけになって、へとへとになるまで、組打ちをつづけ、一方が「参った！」と悲鳴をあげて、終了すると、見物していた少年たちが、井戸端へつれて行って、きれいに洗ってやり、傷の手当をしてやって、喜八郎には、内緒にしておく、といった掟《おきて》をつくっている。

喜八郎にとって、こういう少年たちの相互扶助のくらしぶりを眺めているのは、面白かった。

しかし、この狭い家では、九人が限度で、これ以上増えたら、やりきれないことだった。

残暑が、きびしい季節であった。

町奉行所の下役の家のならんだこの一廓《いっかく》は、窪地《くぼち》で、泥溝の水はけがわるいので、白昼でも、蚊が渦を巻いて、うなりをたてている。

縁さきで、少年たちが松葉をくすべて、どうにか、しのいでいるありさまであったが、そのために、屋内には、煙がこもって、かえって、午寐《ひるね》どころではない。

主の喜八郎の午寐の場所は、座敷の床の間であった。非番の日は、花茣蓙《はなござ》を敷いて、ごろごろしている。

座敷の隅では、三四人が、手習いをしていた。

寐がえりを打って、

「暑い！」

思わずもらした時であった。

「先生、お客さんです」

一番年長の壱太《いちた》が、玄関から、告げた。

喜八郎は、この家へやって来た順番に、壱太、弐太《にた》、参太《さんた》、四太、五太、六太、七太、八太、九太、と名づけていた。

座敷へ上って来たのは、数軒置いて住んでいる同じ町方同心の佐原三郎次《さはらさぶろうじ》であった。

佐原三郎次は、四年ばかり前から、肺を患《わずら》って、禄盗人《ろくぬすっと》のかたちになっていた。

「暑いのう。今年は、梅雨からひきつづいて、霖雨《りんう》で七月がつぶされたから、暑さが秋を遠ざけたな」

そう云《い》って、佐原三郎次は、いかにも、だるそうに、あばらの浮いた胸を蒼白《あおじろ》い細長い手で、撫《な》でた。

「金なら、ないぞ」

喜八郎は云った。

三郎次が、やって来る用向きは、きまっていたからである。

「金なら、ある」

三郎次は、こたえた。

「珍しいな。……どういうのだ？」

「うむ！」

三郎次は、宙へ、暗い視線を据えていたが、

「女房の奴、春をひさいで居《お》るらしい」

と、吐き出すように、云った。

「証拠でもあるのか？」

喜八郎は、眉宇《びう》をひそめた。

町方同心の妻が、貞操を売っているとは、ききずてならないことだった。

「証拠は、ない。これは、カンだ。同心のカンが、こんなところで、役に立とうとは、皮肉な話だ」

三郎次は、苦笑してみせた。

「カンは、はずれることがある」

「あいにくだが、このカンだけは、はずれて居らんな。……しかし、わしが、文句を云えた義理ではない。女房が春をひさいで居ろうと、乞食《こじき》をして居ろうと、わしは、黙っているよりほかはないのだ」

「…………」

「女房は、わしと二人の子供を、やしなってくれているのだ。これまで、やりくり算段で、愚痴ひとつこぼしたことはなかった。いよいよ切端づまってからも、黙っていた。切端づまった挙句、からだを売るすべしかない、と考えたに相違ない……わしが、それを、気づいても、止める力はないし、知らぬふりをしているよりほかはないのだ」

喜八郎は、三郎次の妻杉江《すぎえ》の、面長《おもなが》な、整った容貌《ようぼう》を、思い泛《うか》べた。

佐原家へ嫁いで来た当時は、貧乏同心の女房には過ぎた美人だ、と噂《うわさ》されたものだった。

独身者の喜八郎には、想像するだけで、それがどれほど苦悶《くもん》に満ちたものか、判らぬが、三郎次の心臓を噛《か》みくだいている嫉妬《しっと》は、名状しがたい激しさに相違あるまい。

「お主、杉江さんを、ずっと、抱いては居らぬのだろう？」

「うむ、もう二年も――。ところが、あいつが、春をひさいで居る、と気づいてから、わしは、抱きたい衝動に、毎晩、かられて居る。気が狂うほどの衝動だ」

「どうして、抱かぬのだ？」

「抱けぬ。手を、のばしかけては、止めてしまう。……お主には、この気持は、わかるまい」

「わからぬ」

「杉江のからだが、手のとどかぬものになってしまった、という恐怖が起るのだ。その恐怖で、どうしても、抱けぬ」

「抱いて、恐怖を、追いはらえば、よかろうに――」

「他人の男が、抱いた女房のからだを、亭主が、おなさけに抱かせてもらう――こんな屈辱が、またとあるか」

三郎次の顔面は、醜いまでに、ゆがんでいた。

喜八郎は、応《こた》える言葉がないままに、じっと、三郎次を見まもっていた。

三郎次が訪れた用件は、これまで借りたまった金の一部を、返すことだったが、喜八郎は、受けとらなかった。

三郎次は、去りがけに、少年たちが、夕餉《ゆうげ》のしたくをはじめたり、小さな庭へ打水をしたりするさまを眺めて、

「お主のくらしぶりが、うらやましい」

と、云った。

「これでは、女房の来手はあるまい」

喜八郎は、笑った。

「女を抱くのは、吉原《よしわら》か深川《ふかがわ》あたりの岡場所《おかばしょ》があるし、お主は、この独身ぐらしをつづけた方がよい。わしも、生れかわれるものなら、お主のまねがしてみたい」

三郎次は、そう云って、軽い咳《せき》をのこして、去った。

大和川家の壮観は、食事時であった。

壱太、あるいは、弐太が指揮をとって、一汁一菜が、十箇の箱膳《はこぜん》にならべられ、全員これに就くと、一斉に、次の文句を唱和する。

「ひとつ、嘘《うそ》を吐《つ》くまじ。

ふたつ、盗みを働くまじ。

三つ、生れ来たることに、よろこびを持つべし。

四つ、今日が過ぎれば、明日ありと思うべし」

この四箇条は、喜八郎が、つくってやったのである。

喜八郎自身、べつに、生きる上での信条を持っている次第ではなかった。なんとなく、つくってやったに過ぎない。

しかし、少年たちは、この四箇条にしたがって、一日一日をすごしている。

そのくらしぶりがあっぱれなので、大きな商家から、

「小僧に、ひとつ――」

と、のぞまれることがある。

喜八郎は、少年たちの意志にまかせているが、一人として、お店《たな》奉公に出ようとする者は、いなかった。

その代り、家に一文もなくなると、壱太、弐太、参太など、十三歳から上の少年たちは、臨時かせぎに出かけて行く。これも、喜八郎の指令ではなく、かれらの自主的な行動であった。

棒手振《ぼてふ》り、左官の泥こね、河岸の荷揚げ、泥溝さらい、朱引外《しゆびきそと》（市外）の田植えの手伝い、小鳥捕り、花売り、上野《うえの》・両国《りようごく》・浅草の広小路での見世物小屋の下働きなど、少年たちは、あらゆる仕事を見つけて、働いた。その働きぶりは、蔭日向《かげひなた》がなく、誠実でけんめいだったので、評判がよかった。

少年たちは、自ら、

「同心組」

と、称していた。

喜八郎としては、事件が起って、下手人探索に、なまじの経験を鼻にかけた岡《おか》っ引《ぴき》や手先を使うよりは、少年たちを使った方が、役に立った。少年たちが、その純粋な目に映した働き場所の裏表の生態が、大いに参考になったからである。

夕餉がおわった頃、この家に、また一人、訪問客があった。

しのびやかに、武家屋敷の駕籠《かご》が、乗りつけられた。

少年たちは、裏の空地で、花火に興じて居り、屋内には、壱太しかのこっていなかった。

「先生、お客さんです」

壱太が告げに来た時、喜八郎は、釣竿《つりざお》の手入れをしていた。これは、趣味ではなく、食膳にのせるための仕事のひとつであった。もっぱら、夜釣りだが、その時は、少年を二三人、つれて行く。

「誰だ？」

「女子衆《おなごしゅう》です。お武家の、えらそうなお女中です」

「通せ」

座敷に入って来たのは、五十年配の、長い歳月を武家屋敷の奥向きですごした者共通の冷たい表情を持った老女であった。

「折入って、おたのみの儀が、あって、罷《まか》り越しました」

老女は、頭《ず》の高い挨拶《あいさつ》をしてから、そう云った。

この時刻の訪問は、世間に知られたくない内密の依頼であり、こちらも、それに対する応対をしなければならなかった。

町方同心が、武家屋敷から、なにかの事件の解決を依頼されるのは、報酬がいいので、待っていました、とばかり引き受け甲斐《がい》があった。

しかし、喜八郎は、これまで、個人指名の依頼を引き受けたことがなかった。役人のくせに、頭を下げるのが、きらいな男だったからである。

こうした場合、喜八郎は、事件の内容をきく前に、いきなり、途方もないほど高い報酬を、ふっかけた。

それで、たいがい、対手《あいて》は、慍《いか》って、立ち去った。

いまも——。

「はじめに、おことわりいたしておきますが、この大和川喜八郎、個人としてご依頼を受ける場合、百両を申し受けることにいたして居ります」

そう云った。

しかし、老女の方は、すこしも、慍らず、あきれた顔つきにもならなかった。

「礼金の儀は、いかほどでも——」

頷《うなず》いてみせた。

——よほど、困惑した事件が起ったとみえる。

喜八郎は、頸根《くびね》に、食いついた蚊を、ぴしゃりと叩《たた》きつぶしながら、思った。

その二

ここで、江戸町奉行所の構成を、述べておく。

江戸町奉行所は、南北ふたつがあった。その職務が、あまりに複雑多岐にわたっていたからである。

いわば、都知事と警視総監と裁判所所長と東京駅・上野駅の駅長と、そして自衛隊の隊長を兼ねているようなものであった。

南町《みなみまち》奉行と北町《きたまち》奉行は、月番で一月交替であった。

月番にあたる町奉行は、奉行所の裏門をひらいて、その月の新しい公事《くじ》訴訟を受けつけ、江戸市中の民政をつかさどり、治安維持に責任を持つ。

奉行所の白洲《しらす》では、罪人に刑を申し渡す。

その日常は、多忙をきわめ、毎日朝四つ（午前十時）に登城して、八つ（午后《ごご》二時）に奉行所へ帰って来てから、夕刻までに数件の訴訟を片づけた。

非番の町奉行は、奉行所の大門を閉ざすが、実際には、月番の時に受理した事件の整理、処理にあたって、結構忙しかった。

町奉行の下には、与力《よりき》と同心がいた。

与《よ》力・同心という称びかたは、町奉行配下だけではなく、留守居年寄《るすいどしより》、納戸頭《なんとがしら》、大番組頭《おおばんくみがしら》、書院番組頭《しょいんばんくみがしら》、旗奉行、先手弓頭《さきてゆみがしら》、先手鉄砲頭の配下も、そう呼ばれていた。

したがって、町奉行配下の与力・同心は、町方または八丁堀《はっちょうぼり》与力・同心という通称を持っていた。

町奉行の下には、与力二十五騎、同心百二十人がいた。

江戸の府内外は、ざっと五里四方、八百八町よりすこし多く九百数十町。人口は、百三十万ぐらいであった。

百三十万の人口は、当時として、世界最大であった。ロンドンが八十万、パリが五十万だったからである。

但し――。

江戸では、武家地が六〇パーセントを占め、武家の人口が五十万前後であった。この武家地の支配は、町奉行ではなかった。大名自身、旗本自身であった。ほかに、寺社地が二〇パーセントを占め、この人口は、五万前後で、寺社奉行が支配した。

さて――。

町奉行所の八丁堀与力・同心の格式・身分であるが……。

与力も同心も、一代限りの採用ということになっていた。これを、御抱席《おかかえ》という。御抱席というのは、本人が死ぬと、息子は、その職を継ぐことができぬ。息子が、継ぐ場合は、新規召抱えであった。

しかし、これは、法規上のことであって、実際の手続きは、世襲であった。与力・同心の伜《せがれ》たちは、十三四歳になると、見習として奉行所へ出仕《しゅっし》し、父親が死ぬと、そのあとを確実に継いだ。

少年の時から、親を見習い、奉行所に出仕するのであるから、その事務には熟達した。いわば、生きている六法全書となり、さらに、市井生活の表裏を、熟知していた。

八丁堀の組屋敷に生れて、育って、物心ついた頃から、親の為《な》すこと云うことを見聞して、その子がまた、自分の伜へ伝えてゆくのであったから、町方役人が、他の与力・同心とちがって、おのが職務に関する限り、すばらしい熟練者《ヴェテラン》であることは、当然であった。

町方与力・同心に、出世はなかった。昇進も転任もなく、死ぬまで同じ職をつとめるのであった。

南北合わせて、五十騎の与力と二百四十人の同心が、武家地・寺社地を除く町地の庶民の治安を守り得たのも、かれらが、市井生活の表裏を、熟知していたからである。

ところで――。

与力は、身分は御家人に属しているが、禄高《ろくだか》は旗本並み（二百石取り）で、槍《やり》一筋、馬上の武士であったが、同心は、貧しかった。

同心は、裃をつけることを許されず、格は三等四種中の最低、身分は下から二番目であった。同心は、与力に昇進する道があったが、事実上は、閉ざされてしまっていた。

与力には、年番方と吟味方というのがあり、これは、町奉行所の花形で、奉行さえも容易に口を出せぬ特権を持っていた。年番方というのは、総務部長兼人事部長と考えてよく、吟味方は、罪人の取調べ役、いずれも、ずいぶん、袖の下の役得があったらしい。

同心の特権は、定廻《まわ》り、臨時廻り、隠密《おんみつ》廻りのうちの定廻りで、いわば、市中パトロールであった。これもまた、町家からのつけとどけが多かった。

竜紋裏《りゅうもんうら》、三つ紋黒羽織の着流し、刃引きの大刀一本だけを落し差して、朱房《しゅぶさ》のついた十手《じって》を、わざと、よく見えるように、脇差《わきざし》わきに差して、大店《おおだな》などへ、のそりと入ると、

「これは、八丁堀の旦那《だんな》、ようこそ――」

と、二分とか三分とか、ひねり銭が、そっと、さし出された。

尤《もっと》も、しばしば、現れれば、眉《まゆ》をしかめられるので、滅多に、町家には立ち寄らなかった。

同心は、三十俵二人扶持《ぶち》——これでは、一年をしのげなかった。

江戸には、どこでも、一町に一箇所、自身番があった。定番という番人がいた。建物は、ひろい往還に面した、九尺二間の構えで、裏の腰障子に、「自身番」と記してあった。

同心は、巡廻《じゅんかい》の途次、必ず、自身番に、

「変りはないか」

と、声をかけた。

月番奉行所の同心百二十人が、市中を四つのコースにわけて、巡廻した模様である。

定廻りの同心は、四十歳から五十歳までの、ヴェテラン中のヴェテランであり、二十年も三十年も、同じコースを巡廻しているから、どこの町内には、どんな人間が住んでいるか、悉《ことごと》く知っていた。

臨時廻りは、定廻りを助ける役目であった。これは、ほとんど、五十歳以上の年配者で、永年定廻りを勤めあげた、いわば隠居格の人であった。経験がものをいう役目であるから、下手人の逮捕など、この臨時廻りが、実際上の指揮をとった。

隠密廻りというのは、その名称の通り、町奉行から特にえらばれた少数の熟練者で、人に知れないように、服装をかえて、秘密に捜索の仕事をした。隠密廻りは、同心の中から、優秀な人物が、いくつかのきびしいテストを受けて、任命されたようである。三十歳前後の者が多かった。

この物語の主人公大和川喜八郎は、隠密廻りであった。

剣を把《と》っては、同心はおろか、幕臣中、右に出る者がないくらい、異常なまでの強さであった。平常は、飄々乎《ひょうひょうこ》として、とらえどころのない挙措動作を示し、曾《かつ》て、いかなる難事件に対しても、顔色を動かしたことはなかった。

同心の下には、中間《ちゅうげん》、小者《こもの》、そして岡っ引《おかぴき》がいた。

中間は、奉行所から同心につけられた者で、年に三両の給金をもらったが、主人の同心の特権をそっくりぬすむ者が多く、大店や料亭から、ひねり銭をもらったり、かくし賭場《とば》、もぐり売春宿をおどして、かすりをせしめた。南北奉行所あわせて数百人の中間がいた。

小者は、捕物の時に動員される者で、十手と捕縄《とりなわ》の手練《てれん》を積んでいた。同心の家に住み込んでいる。いわば、同心の使傭人《しようにん》であった。

岡っ引は、正しくは手先と呼ばれて、無給で、奉行所でも、人員名簿にその名を記してはいなかった。蕎麦屋《そばや》とか古着屋や銭湯などの副業をもち、その点では、中間や小者などより、ふところは、裕福であった。

岡っ引は、同心から手札と十手をもらっていたが、副業の方が繁盛すると、乾分《こぶん》を三人も四人も持つ者がいた。

同心は、たいてい、三四人の岡っ引を使っていた。その岡っ引は、親分と称される者は、七八人の下っ引を使っていた。

しかし、岡っ引という存在は、江戸市民には、あまり歓迎されなかった。

特権を利用して、相当ないやがらせをやる者が多かったからである。

また、同心は、世間の裏側を看《み》るために、小伝馬町の牢獄《ろうごく》から出て来た刑期終了の小悪党を、岡っ引にとりたてて、犯罪の摘発に利用する例が多かったからである。

岡っ引には、博徒とか巾着切《スリ》とか、旧悪の所有者が多かった。またそういった者の方が、実際に役に立ったのであるが、弊害も多かった。

八代将軍吉宗《よしむね》は、岡っ引（目明し）を廃止する意嚮《いこう》を持ち、三度までもその禁令を出している。

吉宗は、町奉行に向って、

「同心どもが、悪者を天下の政事に使うのは、見識のないことである。当局者に力がないことを示しているようなものではないか。奉行以下の役人が、よく精励して、目明しなどを廃止すべきであろう」

と、云っている。

しかし、その便利さに、ついに、岡っ引の廃止は不可能であった。

当時——。

町人職人たちは、別にうしろめたさはなくとも、奉行所の白洲へ呼び出されることだけで、おぞ気をふるった。現代の市民が、警視庁へ出頭させられる比ではなかった。

そのために——白洲へ出ないためなら、どんな袖の下でも、つかった。そこが、岡っ引のつけめであった。

例えば、女が出来心で万引などした時、その女一人だけではすまずに、町役人、家主一同がうちそろって、白洲へ呼び出される慣例であった。

そこで、岡っ引は、

「お目こぼしということがある」

と、もちかけて、町役人、家主から、いくばくかの金をまきあげたのである。すなわち、恐喝であった。

江戸の庶民は、極度に「お上《かみ》」をおそれたのである。


大和川喜八郎は、九人の少年をやしなっているくせに、岡っ引は、豆六という男一人しか、使っていなかった。

隠密廻りであるから、中間・小者をひきつれて、市中巡廻をする必要はなかった。尤も、喜八郎は、常に、仕事をするには、孤独を好み、町奉行も与力も、喜八郎の人柄と熟練ぶりを充分みとめていたので、本人の好むがままに、まかせていた。

岡っ引豆六は、刀槍《とうそう》の研師《とぎし》であった。

数年前、十数人を斬殺《ざんさつ》した狂気の浪人者と、わたりあって、これを斬《き》った時、刃こぼれがして、喜八郎は、豆六にたのんだのがきっかけで、豆六の方から押しかけの手先になったのであった。

豆六は、変窟者《へんくつもの》で、自分の気に入らぬ刀は、決して研ぐのを引き受けなかった。しかし、いったん引き受けると、見事な研ぎあげかたをするので、研ぎ料も高かった。

独身者で、子供もないし、充分暇があるので、自分から進んで、喜八郎の手先になったのである。

喜八郎が、

「なぜ、岡っ引などになりたがる？」

と、訊《たず》ねると、豆六は、にやにやして、

「旦那《だんな》に惚《ほ》れたんでさ」

それだけこたえた。

旗本納戸頭・八千石・伏見小路甚十郎《ふしみこうじじんじゅうろう》の老女須摩《すま》という女が、喜八郎宅を訪れた――その翌朝、豆六が、ふらりと現れた。九人の少年たちに、大福餅《だいふくもち》の手土産を持って来て、

「なにか、ありそうなにおいがしましたので、へい――」

と、喜八郎に、ぺこり頭を下げた。

豆六という男は、全く奇妙なカンの働く男であった。

喜八郎が、なにかの事件で動き出そうとすると、必ず、姿をみせたのである。

喜八郎は、恰度《ちょうど》、差料《さしりょう》を抜いて、手入れをしているところであった。

「豆六、こいつは、無銘だが、村正《むらまさ》にはちがいないという自信がある。お前は、ど

うしても、村正とは鑑定しないが、どこが不服で、みとめないのだ？」

喜八郎は、訊ねた。

「沸《にえ》、匂《にお》い、鎬《しのぎ》の高さなど、まさしく、村正でございます。しかし、切先《きっさき》が、気に食わねえ」

豆六は、こたえた。

「どう気に食わぬ？」

「大鋩子《ぼうし》に、いやみがあります。そいつが、気に食わねえ」

「いやみ？」

「名刀ってえのは、どの部分にも、みじんのいやみもあるものじゃございません。まして、村正ってえとなると――あっしは、村正こそ、天下第一の名刀と信じて居りますが――いやみなんぞ、塵《ちり》っけもあっちゃならねえのに、それが、大鋩子にありますー」

喜八郎は、じっと、切先を、瞶《みつ》めた。豆六がいういいやみを感ずることは、できなかった。

これは、大和川家唯一の宝なのである。

家の中には、そのほかには、ろくでもないガラクタしかない。

「研師が、なんと申そうと、おれは、これを、村正と信じる」

断言しておいて、喜八郎は、畳の上に、午寐している稚《おさな》い子らの寐顔へ、視線を投げた。

「豆六、どうだ——こんな無心な、美しい寐顔を、おれたちも、曾ては、持っていたのだぞ」

と、云った。

「全くで……」

うなずいてから、豆六は、

「それにしても、旦那の趣味が、捨児をかきあつめて、養いなさることとは、今更ながら、あきれるやら、感心するやら——とても、そこいらの人間のまねのできることじゃありませんや」

と、云った。

「好きでやって居るのではない。むこうから、勝手に押しかけて来たのだ。そういうお前も、押しかけ手先だ」

「旦那、あっしは、においをかいで、やって来たんですがねえ」

「うむ」

喜八郎は、うなずいてから、

「旗本納戸頭の息女が、行方知れずになった」

と、告げた。

「へえ——？」

「おれは、百両で。さがし出す約束をした」

「百両で！」

「わるくなかろう」

「見当は、ついていなさるので？」

「目下は、雲をつかむような状態にある」

その三

その宵《よい》——。

岡っ引豆六を相伴させて、一家十人の夕餉を摂《と》り了《お》えた大和川喜八郎は、

「さて、出かけるか」

と、腰を上げた。

「どちらへ？」

豆六が、仰いだ。

「これから、行方知れずの旗本の息女をさがしに行く」

「へい、待ってやした」

喜八郎は、豆六がついて来るのをこばまなかった。

のみならず、玄関を出がけに、ふと思いついて、見送る九人の少年を、ふりかえると、

「五太、ついて参れ」

と、命じた。

五太は、赤児の頃、佃島《つくだじま》の沖あいにただよう舟に、置きすてられていた少年であった。どうやら、両親は、抜荷《ぬけに》の手先をつとめて、その品を、こっそり江戸へはこび込む仕事をしていたらしい。そこを、何者かに襲われて、荷を奪われ、夫婦は殺されて海中へ投げ込まれ、五太だけが、舟に置きすてられた模様であった。五太は、佃島の漁師にひろわれた。三日後に、女の屍体《したい》が、佃島へ流れついたが、それが、五太の母親らしかった。

去年の秋、喜八郎が、夜釣りに出て、佃島の近くまで舟を出していると、筏《いかだ》らし

いものが、流れ寄って来た。

その上に、ちょこんと、子供が一人、乗っていた。

喜八郎が、舟に移らせて、事情をきくと、

「おいら、江戸で人泥棒になってやるんだ」

と、こたえた。

家へつれ戻ってみると、からだ中が、折檻《せっかん》の傷あとだらけであった。

ひろいあげてくれた漁師は、子無しであったので、物心つくまでは、犬猫扱いではあったが、べつに不幸ではなかった。ところが、男の子が生れてから、五太は、養母から憎まれて、絶え間ない折檻を加えられるようになり、食物もろくに与えられなくなった。

その日、五太は、空腹に堪えかねて、釜底《かまぞこ》にこびりついていたこげ飯を、手づかみでくらっているところを、養母に見つけられ、気を失うほど、擲《なぐ》られ蹴《け》られた。

そこで、ついに、九歳の少年は、一大決心をして、流木をつなぎ合わせて筏を組むと、江戸へ渡ることにしたのであった。

こうして、五太は、大和川家の小さな居候の一人に加えられたのである。しばらく、置いているうちに、喜八郎は、五太が途方もないくらいの糞度胸《くそどきょう》を持っていることを知った。喧嘩をやる数も五太が一番多かった。

——これでは、養い親に憎まれる筈《はず》だ。

と、うなずけた。

喜八郎は、その五太を、豆六とともに、供にした。

「旦那——」

八丁堀を出て、河岸道を歩きはじめた時、豆六が、云いかけた。

「ここらあたりで、奥様をおもらいになっちゃ、いかがです？」

「九人の餓鬼がごろごろしている家に、女房になろうという物好きな女は、居らんだろう」

「それが、居りやす」

「ふうん——」

「小えんでさ。昨日、小えんに会って、きいたら、二つ返辞で、承知しましたぜ」

小えん、というのは、辰巳芸妓《たつみげいぎ》であった。深川随一の売れっ妓《こ》で、踊りの名手でもあった。一中節《いっちゅうぶし》の「辰巳の四季」を踊らせれば、右に出る者はなかった。

幕府が、御用船天地丸を修復して、品川湾《しながわわん》にうかべた時、この祝賀の催しに、若年寄堀田正敦《ほったまさあつ》は、小えんを呼んで、船上で、「辰巳の四季」を踊らせた。

それが、問題となって、堀田正敦は、若年寄を辞さなければならなかった。

小えんをねらう客は、大大名の留守居をはじめ、かぞえきれぬほどいたが、いまだ、小えんは、一度もなびいたことはない。

隅田川《すみだがわ》の水でみがいた肌は、絖《ぬめ》のようななめらかな艶《つや》をもち、眉目《びもく》の鮮やかなつくりは辰巳女でなければ見られないものであり、踊りできたえたからだの線は、ふるいつきたいほどの色香を湛《たた》えた美しさであった。

その辰巳芸妓が、貧乏同心の女房になることを、承知した、という。

「旦那、あっしゃ、旦那をかついでいるんじゃありませんぜ。小えんは正気で本気で真剣でさあ」

「どういう風の吹きまわしかな」

喜八郎は、べつに、生唾《なまつば》をのみ込んだ様子もみせなかった。

「旦那に惚れているんでさ。……去年、小えんの家に、盗《ぬす》っ人《と》が入ったことが、ございましたね。自身番へ、小えんがとどけに来た時、恰度《ちょうど》、旦那が、居合わせていなすって、金やら衣裳《いしょう》やら盗まれた、ときくと、旦那は、笑い乍《なが》ら、からだは盗まれなかったのだろうと、仰言《おっしゃ》ったそうですね。小えんが、むっとすると、旦那は、売れば千両にもなるからだだろうが、からだはただでくれてやるものだ、と仰言った。

その言葉が、耳にのこって、小えんは、爾来《じらい》、旦那のことが忘れられなくなった、というわけでさ」

喜八郎は、「豆六のすすめに、返辞をしなかった。

ただ、この一年あまり、月に二度か三度、名を伏せて、少年たちに、そろいの着物とか、饅頭《まんじゆう》とか羊羹《ようかん》とか、枇杷《びわ》とか蜜柑《みかん》とか、鰻《うなぎ》の蒲焼《かばやき》から生鯛《いきだい》まで、いずれも吟味した品を、贈って来る者があったが、

——あの贈り主は、もしかすれば、小えんかも知れぬ。

と、思いあたった。

これまで、喜八郎は、女に惚れられたことは、幾度かある。

しかし、据膳《すえぜん》を食ったことはない。

喜八郎は、欲情処理は、もっぱら、吉原の小格子《こごうし》女郎《じよろう》とか、深川の櫓下《やぐらした》の伏玉《ふせだま》とか、時には夜鷹《よたか》とか、最下級の女を買うことに終始していた。

最下級の売笑婦の中に、女の哀《かな》しさを視《み》て、あわれを催すのが、喜八郎は好きだったのである。箸《はし》にも棒にもかからぬ、あばずれの娼婦《しようふ》が、ふっと、示す女の哀しみは、喜八郎の胸を打たずにはおかなかった。どんな女も、春をひさぐために生れたわけではないのであった。そこまで堕《お》ちるには、人には語れぬ苦しい経緯を辿《たど》っ

ているのであった。

町方同心としては、その惨めな来《こ》しかたを知るのも、役目のひとつといえた。綺羅《きら》を張った、えらばれた美貌《びぼう》の辰巳芸妓など、町方同心にとって、無縁の存在であった。

喜八郎は、小えんの美しい容子《ようす》を思い泛《うか》べたが、べつに、心は動かなかった。

むっつりと沈黙を守って、吾妻橋《あずまばし》を渡ると、左折して、すこし、急ぎ足になった。

旗本納戸頭・八千石・伏見小路甚十郎の屋敷は、浅草阿部川町にあった。

旗本屋敷は、初更（午后八時）を越えると、いかなる訪問客も、受けつけぬならわしであった。裏門の潜りもかたく閉ざして、出入厳禁であった。

喜八郎は、その刻限に、間に合わなければならなかった。

阿部川町に入った時、時の鐘が、ちょうど初更を告げはじめた。

喜八郎は、伏見小路邸の裏門前に立つと、

「大和川喜八郎が参上いたしました、と奥へお取次ぎを――」

と、云った。

「刻限でござる」

「刻限ゆえ、参上いたしました」

喜八郎と豆六と五太が、みちびかれたのは、母屋ではなく、東側の紅葉《もみじ》の林にかこまれた別棟であった。

別棟といっても、貧乏同心の家の数倍はある。

書院もあって、喜八郎たちは、そこへ通された。但し、豆六と五太は、控えの小部屋に坐らされた。

待つほどもなく、書院に入って来たのは、大和川家を訪れた老女須摩であった。

喜八郎は、須摩から、三方《さんぽう》にのせた礼金百両の切餅《きりもち》をさし出されても、すぐには手を出そうとせず、

「御用人《ごようにん》にお願いの儀がありますが、貴女様《あなた》から、おつたえ下さいましょうか」

と、申し入れた。

「なんでありましょう？」

「ご当家の伝家の宝刀を、拝見つかまつりとう存じます」

大名旗本の家には、必ず、二振や三振、先祖代々伝えられている名剣がある。

「なんといたしますぞ？」

老女須摩は、不審の視線を、喜八郎にあてた。

この町方同心を、人目にたたぬように、刻限に、屋敷へ呼んだのは、行方不明に

なった息女八重の探索に、手がかりをつかませるためであった。

当然、喜八郎は、息女八重が、屋敷から姿を消した時のことを、くわしく訊ねるものと、須摩の方では、考えていた。

喜八郎は、訊ねようともせず、伝家の宝刀を見せて欲しい、と申し出たのである。

「てまえは、お引き受けしたからには、てまえの流儀で、やります。……何卒《なにとぞ》、ご当家ご自慢の名剣を、拝見させて頂きとう存じます」

須摩は、立って、出て行った。

喜八郎は、すっと、床の間に寄って、掛物を観《み》た。

それは、元禄《げんろく》の頃に流行した濃彩金碧燦爛《のうさいきんぺきさんらん》たる花鳥画であった。

しかし、じっと凝視していた喜八郎は、

「尾形光琳《おがたこうりん》とみせかけたにせだな」

と、呟《つぶや》いた。

かなり待たせてから、老女須摩は、もどって来たが、五十年配の武士をともなっていた。

「当家用人増田嘉門《ますだかもん》である」

名のって、携《さ》げて来た刀を、前に置くと、

「これが、当家に伝わる宝刀である。銘はないが、正宗《まさむね》であることにまちがいはない」

と、云った。

「拝見つかまつります」

喜八郎、金襴《きんらん》の袋から、刀をひき出した。

柄、鞘《さや》のつくりは、見事であった。

懐紙を口にくわえて、鞘をはらった喜八郎は、白刃を直立させた。

瞶《みつ》めるのに、さほどの時間を費さず、喜八郎は、白刃を鞘に納めた。

「正宗と申されましたな？」

「いかにも――」

用人増田嘉門は、うなずいた。

「まことに失礼なことを申しますが、てまえは、いささか、疑いを抱きます」

「なに？　これを、正宗ではない、と否定するのか？　ばかなっ！」

「てまえが、ひきつれました手先は、研師でありますれば、拝見をお許し下さいますよう――」

用人は、老女と顔を見合わせた。

須摩が、なにか、意味ありげな表情で、増田嘉門に、意《こころ》をつたえるのを、喜八郎は、見のがさなかった。

「よ、よろしい」

用人は、許した。豆六が、呼ばれた。

「正宗といわれる。鑑定してくれ」

喜八郎から手渡された豆六は、

——自分をつれて来たのは、この役目があったからなのか。

と、合点した。

豆六、白刃をしらべる時間は、喜八郎が費したそれよりも、短かった。

黙って、鞘に納めて、返すと、頭を下げた。

「どうじゃ？　正宗と鑑定いたしたか？」

用人増田嘉門が、苛立《いらだ》たしげに、問うた。

「これは、正宗ではございませぬ」

豆六は、はっきりと否定した。

増田嘉門は、ものも云わず、刀を把《と》ると、急ぎ足に出て行った。

老女須摩が、ほっと、吐息した。その吐息に、なにか、ふかい意味がありそうであった。

「あの宝刀は、門外不出であったのですな？」

喜八郎は、訊ねた。

「ただの一度も、持ち出されたことはありませぬ」

須摩は、こたえた。

程なく――。

荒い跫音《あしおと》が、紅葉林の中を近付いて来た。喜八郎が、待っていた跫音であった。

書院に入って来たのは、立派な風貌《ふうぼう》の、長身に熨斗目《のしめ》を着流した人物であった。

「当家のあるじ伏見小路甚十郎だ。……お主は、この名剣を、正宗ではない、と断定いたした由。にせと看た理由をきこう」

憤りの色を、面上にあふらせていた。

「豆六、申し上げるがいい」

喜八郎は、促した。

豆六は、鎬、峰、鋩子、沸、匂いなど、正宗の特長を挙げ、この刀はまことによく正宗に似せてあるが、あきらかににせものである旨を、説明した。

しかし、伏見小路甚十郎は、納得しなかった。

「わしは、祖父《じじい》からも、父親からも、これが正宗であることを、きかされて参った。寛永《かんえい》年間に、三代様より下賜されたこの名剣は、当家をおとずれたあらゆる客に、見せられた。わし自身も、目ききの客に、見せて居る。これまで、一人として、これを、にせものと疑った客は、居らぬ。……お主らが、はじめてだ。きこう！　どういう存念で、伝家の宝刀を見せろ、ともとめ、それを、にせものと断定いたしたのか――？」

場合によっては、致し様があるぞ、とばかり、伏見小路甚十郎は、喜八郎を睨《にら》みつけた。

「慮外《りょがい》とおいかりの儀は、ご尤もでありますが、十中の十、正宗でないことはたしかでありますれば、まず、その証拠をごらん頂き、それから、てまえの申し上げることを、おききとどけ下さいますまいか」

「証拠だと？　よし、正宗でないという証拠を見せろ！」

「かしこまりました」

喜八郎は、控え部屋から、十歳の少年を呼んだ。

――旦那は、いったい、どうするつもりなんだろう？

豆六は、不安をおぼえるままに、五太を、つれて来た。

その四

「五太――、ふところから、ちゅう公を出して、頭へとまらせろ」

町方同心は、下座にかしこまった小さな居候に、命じた。

五太は、けげんな面持で、喜八郎を見やったが、黙って、ふところから、一羽の雀《すずめ》をつまみ出して、自分の前髪へ、のせた。

喜八郎は、五太が、どこへ行くにも、よく飼い馴《な》らした雀を、懐中にしているのを、知っていたのである。

少年たちは、小さな動物が、好きである。みなそれぞれ、なにかを飼っていた。なかには、小蛇を取って来て、寝る時も、抱いている子もあった。

なかでも、五太は、小鳥飼いの名人であった。いま、あたまへとまらせた雀は、まことによく訓練されていて、まわる独楽《こま》にとまって自身もぐるぐるまわったり、燈心をくわえて、神棚へ飛んで、燈明をつける芸まで、仕込まれていた。

喜八郎は、まず、伏見小路家の家宝である刀を左手に携げて、やおら、立ち上った。

当主はじめ、用人も、豆六も、何が為《な》されるのか、と興味をわかせて、見まもっている。

喜八郎は、すらりと、白刃を抜いた。

五太が、肩をすくめて、

「旦那様、ちゅう公を殺すのは、かんにんして下され」

と、たのんだ。

「心配無用だ」

喜八郎は、ゆっくりと、大上段にふりかぶった。

前髪にとまった雀は、しきりに、きょときょとと、首をまわしている。

喜八郎は、無言の気合で、雀めがけて、白刃を振り下した。

瞬間――。

雀は、ぱっと飛んで、鴨居《かもい》へとまった。

喜八郎は、白刃を鞘に納めると、用人に返しておいて、こんどは、控えの間から、自分の差料を持って来た。

「五太、もう一度、ちゅう公を、頭へとまらせろ」

た。

「はい――」

五太は、口笛を鳴らして、雀をてのひらへ飛びもどらせると、再び、前髪へのせた。

喜八郎は、伏見小路甚十郎に向って、

「これは、貧乏同心の差料でありますれば、もとより、名もない刀にすぎませぬ。しかし乍《なが》ら、当人は、これを、あるいは村正かと考えて居ります」

そう云いおいて、鞘をはらった。

前と同様、大上段にふりかぶった喜八郎は、ややしばらく、間を置いた。

「えいっ！」

こんどは、凄《すさま》じい気合もろとも、雀めがけて振り下した。

雀は、飛ばなかった。

前髪の上で、小さくうずくまったなり、微動もしなかった。白刃は、その上で、ぴたりと停止していた。

喜八郎が、白刃を鞘に納めるのを待って、五太は、雀を、てのひらに移した。

蘇生《そせい》した雀は、急に、啼《な》き声をたてて、てのひらをつつくと、さっさと、五太のふところへ、もぐり込んでしまった。

喜八郎は、座にもどると、

「ご当家の宝刀が、まことの正宗ならば、雀は、飛び逃げはいたさなかったに相違ありませぬ。……ごらんなされたごとく、ご当家の宝刀は、この貧乏同心の差料にも劣る鈍刀ということに相成ります」

と、云った。

甚十郎は、不快の念をかくせぬ表情になっていた。

「よい。では、かりに、にせもの、ということにしておこう。……だが、それが、それが娘の八重の行方知れずと、なんのかかわりがある、というのか？」

「失礼乍ら、ご当家は、旗本八万騎の中でも、最高の石高をお持ちであり、納戸頭という地位におありであるにも拘《かかわ》らず、その床の間の掛物も、尾形光琳とみせかけたにせ、こころみに拝見いたしました家宝の刀もにせ、ということは、よほど内証が窮迫されて居る、と推察つかまつります。この儀、つつみかくされずに、おきかせ頂きとう存じます」

「…………」

甚十郎は、すぐには、返辞をしなかった。

喜八郎は、すぐに、言葉を継いだ。

「貴方様《あなた》は、この家宝の刀を、正宗であるとかたく信じて居られた、とお見受けいたしました。とすると、あるいは、ご尊父でも、いつの間か、家宝の品々を、つぎつぎと、売却なされて、にせで補い埋められたのではありますまいか」

「――む！」

甚十郎は、ひくく呻《うめ》いた。思いあたることがあったに相違ない。

喜八郎は、甚十郎の返辞を、待った。

下座に控えた豆六が、

――じれってえな。

と、肚《はら》のうちで、呟いたくらい、長い沈黙が、座を占めた。

「もうよい！」

不意に、甚十郎が、不快をこめた語気で、吐き出した。

「娘の捜索がたを、町方同心などに依頼したのが、当方の考えちがいであった。……たのまぬ！」

この言葉を、廊下に控えていた老女須摩が、きいて、あわてて、入って来た。

「お殿様、そ、それは――」

「須摩！　その方のさし出がましい振舞いが、藪《やぶ》をつついて蛇を出す結果を、まねくぞ！……同心――、ひきとってくれてよい。他言無用だ！」

こめかみに、癇癖《かんぺき》の筋を匐《は》わせておいて、甚十郎は、さっと座を立つと、書院を出て行った。

老女須摩が、必死の声をかけたが、

「たわけ！」という怒号が、かえされたばかりであった。

喜八郎は豆六と五太をつれて、伏見小路邸を出た。

「もったいねえ！」

往還をひろい出してから、豆六は、大声をあげた。

「なにが――？」

「百両でさ、百両！　百両ありゃ、旦那、神田祭に、山車《だし》をつくって、九人の子供に曳《ひ》かせて、見物人をうならせることができまさあ」

「ちげえねえや」

五太が、小生意気に、相槌《あいづち》を打った。

「たしかに、百両をフイにしたが、その代り、もしかすると、千両の儲《もう》けになる仕事かも知れぬ、この仕事は――」

「へえ？　ほ、ほんとですかい？」

「内証窮迫した伏見小路家が、娘の捜索に、百両をなげ出そうとしたのだ。……これは、ただの行方知れずではない筈《はず》だな」

「成程――。じゃ、旦那は、このままでは、手を引かねえ、と仰言るんで？」

「うむ。……そうだ。お前たち、一足さきに去《い》んでいてもらおうか」

「へい――」

豆六は、喜八郎が、伏見小路邸へひきかえすのだ、と看てとった。

喜八郎が踵《きびす》をまわして闇《やみ》に溶けるのを、見送って、

「おっさん、旦那様は、あぶねえ橋を渡るのじゃ、ねえのかい？」

五太が、利《き》いた風な口をきいた。

「うむ、まあな」

豆六は、五太の肩へ手を置いて、歩き出し乍ら、

「滅法、強《つえ》えのさ、旦那は――。おめえのあたまへ、そのふところの雀をとまらせておいて、ねむらせちまったほどの腕前だからな」

「うん――」

「心配無用さ。……それよりも、おめえら、旦那が、奥様をもらうってえ話は、ど

うだい？　奥様になるのは、辰巳芸妓で、江戸中さがしたって、二人と見当らねえ、とびきりの別嬪《べっぴん》と来ている。気っぷは、いうまでもねえやな。金がなくなりゃ、てめえの黒髪を、ばっさり切って、売りとばしても、おめえたちを飢えさせねえ心意気を持っているんだぜ。こういう姐《ねえ》さんを、奥様と呼ぶのは、わるかあ、ねえだろう。どうだい？」

「そうだな。わるかあ、ねえな」

五太は、こたえた。

「ほかの連中も、いやとは云わねえだろうな！」

「みんな、いやだと云うだろうぜ、おっさん――」

「おいおい、おめえ、いま、わるかあ、ねえ、と返辞したじゃねえか」

「云ったさ。相槌ってやつさ。うれしがったわけじゃねえや」

「江戸一番の別嬪で、心意気があって、よろこんでおめえたちの母親代りになってやろうというのが、うれしくねえ？」

「うれしくねえな」

「どうしてだ？」

「どうして、ったってよ、おっさん、見てるだろ、家は、万事うまくいってるじゃねえか。旦那様とおいらたちと、ちゃあんと、うまく、やってらあ。奥様なんか、要らねえや」

「うまくいっているのは、みとめるぜ。しかし、奥様を迎えりゃ、この上さらに、うまくいくじゃねえか。そうは思わねえか」

「わからねえのかなあ、おっさんは——」

「なにが、わからねえんだ？」

「どんな立派な女子衆か知らねえが、そいつが、奥様になったら、おいらたちは、やっぱり、住みにくくならあ」

「餓鬼のくせに、よけいな気をまわすことは、ねえと思うんだが……」

「おいら、知っているんだぜ、おっさん」

「なにを知っているんだ？」

「夫婦というのは、契るんだろ？　一緒に、床の中に寝て、契るんだろ？」

「びっくりさせやがる。おめえ、もう、契るってえことを、知っているのか？」

「男が、ちんぽこを、女子衆のあそこへ、くっつけるぐれえのことは、おいらだって、知ってらあ。……おっさん、旦那様が、奥様もらって、契る部屋なんか、家には、ありゃしねえじゃねえか」

「…………」

流石《さすが》に、豆六も、五太にそう云われて、かえす言葉がなかった。

――成程、こんな小まっちゃくれた餓鬼どもを、九人も養っていちゃ、旦那は、当分、やもめを通すよりほかはあるめえ。


喜八郎は、豆六の推測通り、伏見小路邸へひきかえして、高塀を越えていた。

喜八郎のカンは、的中していた。

その離れの書院には、老女須摩と用人が、途方にくれた面持で対座していたのである。


「……つまり、貴女は、御先代が、いつの間にか、家宝の品々を、ことごとく、贋《にせ》物《もの》とかえてしまわれた、と申されるのだな？」

「そうとしか、考えられませぬ」

「御先代は、しかし、遊興ひとつあそばされては居らぬ」

「…………」

「どうして、多額の金子《きんす》が必要だったのか、貴女には、見当がつくであろうか？」

「たぶん……」

「たぶん？」

「御先代は、晩年は、南の文庫蔵で、一日の大半をおすごしなさいました。……蔵の中を、調べてみれば、きっと、この謎《なぞ》は、解けるかと存じます」

「須摩殿。南の文庫蔵の鍵《かぎ》は、お嬢様が、お持ちでござった」

用人が、声をあげた。

「そうでした！　お嬢様がお持ちでした。うかつでした。忘れて居りました」

「待たれい。お嬢様のお部屋を、もう一度、調べて参る」

用人は、いそいで、出て行った。

喜八郎は、老女が思案にあまった様子で、一人、膝《ひざ》で両手を組んで、俯向《うつむ》いている姿を、しばらく、ぬすみ視ていてから、

「ごめん――」

声をかけておいて、その前へ、姿を現した。

はっとなった須摩は、喜八郎を見ると、なかばそれを予期していたように、べつに咎《とが》めの声もあげなかった。

喜八郎は、座に就くと、

「ご当主は、たしか、ご養子でありましたな？」

と、きり出した。

須摩は、黙って、うなずいた。

「失礼乍ら、御先代と御当主は、あまり仲がよろしくなかったのではありませんか？」

「………」

「御先代は、孫娘の八重殿だけを、大層可愛《かわい》がられた。そば近くに、自由に寄るのを許されたのは、八重殿だけであった。そうですな？」

「どうして、そのことを？」

須摩は、眉宇《びう》をひそめた。

「御用人との会話を、ぬすみぎきさせて頂いて、そうではあるまいか、と想像しただけのことです。どうやら、当りましたな」

「たしかに！」

須摩は、うなずいた。

「御先代は、お亡くなりになる際、ご自分が常に一人ですごされて、誰人《たれびと》も一歩も踏み入れさせなかった南の文庫蔵の鍵を、御当主に渡されずに、孫娘の八重殿に渡された。……これは、御先代が、御当主を憎んでおいでになった証左であるとともにに、ご自身が、南の文庫蔵の中で、どのような晩年をすごされたか、孫娘の八重殿にだけは、知らせていた——ということが、あきらかですな」

「…………」

須摩は、喜八郎の推理を、みとめざるを得なかった。

「とすれば、八重殿が行方知れずになったことも、南の文庫蔵の中を調べれば、おのずから、あきらかになる、と申せますな」

「用人殿が、いま、その鍵をさがしに、行かれて居ります」

「鍵は、おそらく、見当りますまい」

「…………」

「錠前をこわして、開けるよりほかにありませんな」

喜八郎は、云った。

その五

喜八郎が、伏見小路邸を、忍び出たのは、もう程なく夜が明けようという頃あいであった。

南の文庫蔵を、丹念に調べるのに、長い時間を費したのである。

収穫といえば、いま喜八郎の懐中にある書物一冊だけであった。

それは、びっしりと横文字の活字のならんだ、革表紙の、部厚い西洋の書物であった。

南の文庫蔵には、これと同じ書物が、およそ数百冊もならんでいた。

そのほかには、これは、と目をひく品物は、何ひとつなかった。

喜八郎は、天井を破り、床板を剝《は》いでみたが、何も発見することはできなかった。

――つまり、伏見小路家の先代は、あの蔵で、南蛮書を、せっせとひもといていたことになるのか？　そう想像せざるを得なかった。

用人の話では、南の文庫蔵には、先祖代々の貴重な品が、かなりあった筈であった、という。

用人自身も、入ったことがなかったので、どんな品ものがならんでいたか、見とどけてはいないが、あったことはまちがいないのであった。

それが、いつの間にか、消えうせて、がらくただけがのこっていた。貴重な品々は、数百冊の南蛮書にすりかわった、といえる。

南蛮書は、たしかに、当時は高価で、またなかなか入手し難いので、数百冊もそろえようとすれば、相当な金子を必要とすることは、事実であった。

それにしても、家宝の名剣をはじめ、邸内すべての貴重の品を売りはらわなければ、購入できなかった、とは考えられぬ。

喜八郎は、伏見小路家の先代が、壮年の頃、長崎奉行を勤めたことがあるのを、老女須摩からきいて、

——この書物は、その頃、入手したのかも知れぬ。

とも、考えた。

すくなくとも、二十余年奉公している用人増田嘉門の記憶では、先代が、晩年に南蛮書を購入した、という事実はないのであった。

南蛮書を、長崎時代に購入したのだ、とすれば、邸内の貴重な品が、あるいは贋ものにすりかえられ、あるいは消えうせたことは、いよいよ奇怪といわねばならぬ。

——文庫蔵を調べたために、さらに、五里霧中となったとは、皮肉だな。

喜八郎は、苦笑し乍ら、しろじろと地面の浮いた人気のない往還をひろって行く。

懐中の書物は、それがどんな内容のものか、目に一丁字《いっていじ》もない喜八郎には、判断もついていない。

田原町《たわらまち》から広小路に出た時、夜はすっかり明けはなたれた。

しかし、まだ、往還には、虚無僧《こむそう》が一人、ゆっくりと近づいて来るだけで、商いに出かける町人たちの姿も、見かけられなかった。

腕ぐみした喜八郎は、虚無僧とすれちがった。

瞬間――。

静寂の冷気を截《き》って、抜きつけの一撃が、喜八郎の背中を、襲った。

跳び躱《かわ》すいとまもなく、喜八郎は、大地へ向って、おのが五体をたたきつけるようにして、辛うじて、のがれた。

虚無僧は、倒れた喜八郎めがけて、二撃、三撃をあびせかけて来た。

喜八郎は、おそろしいすばやさで、転び乍ら、切先をかわしていたが、敵が一呼吸を置いた隙《すき》をとらえて、はね起きた。

「意趣か！」

問う声音に、すこしのみだれもなかった。

喜八郎は、職業柄、怨恨《えんこん》を買っているおぼえがある。寐刃《ねたば》を合わせている者は、多いはずであった。

いつ、どこで、突如として、襲撃をくらうか――その覚悟は、できていた。

対手《あいて》は、無言で、青眼につけて、じりじりと迫って来る。

喜八郎は、十手を所持していなかった。

やむなく、差料を抜いて、峰をかえした。

喜八郎の剣は、常に守勢のものであった。対手が撃って来ない限り、動かぬ。

八双に構えて、対手を、じっと見据えている。

虚無僧は、天蓋《てんがい》をすてていたが、覆面をしていた。

喜八郎は、動かず、迫るにまかせ乍ら、

——なんの匂いか？

と、不審をおぼえる余裕を持った。

その香は、虚無僧のからだから、ただよい出るものであった。ただの匂いではなかった。伽羅《きやら》のような、すすんで身につける香ではなく、なにかの理由で、消し得ない異様な体臭にも似た匂いのようであった。


「お主——」

喜八郎は、冷やかに、云いかけた。

「お主がただよわせる匂いは、それは、なんだ？」

返辞の代りに、猛然たる突きが来た。

喜八郎は、正法の鮮やかさで、白刃をはねあげざま、峰撃ちを肩に加えた。

にぶい音とともに、虚無僧は、よろめいた。肩の骨が、折れた模様であった。

喜八郎は、虚無僧が常夜燈へ凭《よ》りかかって、しだいに海老《えび》のようにからだを曲げるのを、じっと見据えていてから、つと、近寄ろうとした。

その時、背後の茶屋町の横丁から、蹄《ひづめ》の音もせわしく、ぱっと躍り出て来た者があった。

喜八郎を蹄にかける凄じい勢いで、疾駆するや、常夜燈わきへ至った。

虚無僧を馬上へひきあげざまに、花川戸《はなかわど》町の往還へ、駆け去った動作の見事さは、喜八郎を見惚《みと》れさせたくらいであった。

浪人ていであったが、虚無僧と同じく覆面をしていた。

「どういうのだ？」

喜八郎は、追跡することもできぬままに、みるみる遠ざかる姿を見送って、呟いた。

予感としては、伏見小路家を訪れた自分を、尾《つ》け狙《ねら》ったようである。

「待って居れば、敵の方から、姿を現す、というやつだな」

喜八郎は、歩き出した。

伏見小路家の息女八重は、何処《どこ》かに拉致《らち》された、と考えてよさそうであった。

――この夜明けに、おれと偶然、行き逢《お》うた、ということにはならぬ。おれが、伏見小路家を昨夜のうちに、訪れたのを、あの者どもは、知って、辛抱強く、おれが出て来るのを待ちかまえていたことになる。息女をさらった一味とみなしても、見当はずれではないようだ。それに、おれの腕を、高く評価してくれた、と受けとってもよかろう。……こちらにとっては、歯ごたえがある。

こうした場合、喜八郎は、かえって、おちついて、敵の出様を待つ態度をえらぶ。

喜八郎は、雷門《かみなりもん》をむかいに眺める茶屋町の飯屋に入った。

そこにはもう、二三人、朝の早い職人が、丼飯《どんぶりめし》をかき込んでいた。

喜八郎は、豆腐の味噌汁《みそしる》と新香だけで、ゆっくりと朝食を摂った。

「八丁堀の旦那――」

むこうから、楊子《ようじ》をつかい乍ら、職人の一人が、声をかけて来た。

「旦那でございますね、親なしっ子を、たくさん、やしなっていなさるのは――」

「うむ」

「あっしの長屋に、一人、可哀《かわい》そうな子が、いるんでございますがね。ついでのことに、ひきとっちゃ下さいますまいか」

「もう、一杯だ。この上、増えると、玄関の土間へこぼれ落ちてしまうな」

「いえね、旦那、その子の父御は、西国のどこかの藩から、ごく最近、浪人なすった御仁で、江戸へ出て来なすって、切腹なすったのだそうで……。母御と二人で、あっしどもの長屋に移って来なすった時、はきだめに鶴《つる》が降りた、という風情でね、それァもう、綺麗《きれい》な後家様と上品なお嬢さまでございました。その母御の方が、十日前、どこかにいなくなっちまったのでございますよ」

「子供を置きざりにして、雲がくれした、というのは、あまり性《しょう》のよくない女だな」

「いや、それが、嬶《かかあ》どもに云わせりゃ、こんな優しい、気だてのよいおひとは、見たことも聞いたこともない——そんな母御だったのでございますよ。お子の躾《しつけ》は、きびしく、それァ見事なもので、まだ七つの女の子に、きちんとした朝夕の挨拶《あいさつ》をされて、あっしどもがまごついているくらいでございますからね」

「女の子は、ちと、困る。おれの家の居候は、九人とも餓鬼ばかりだ」

「旦那、かえって、それァ按配《あんばい》がいいのじゃございますまいか。九人の男の子の中へ、一人、器量よしの、躾のいい女の子を加えりゃ、なんとなく、なごやかになりますよ」

「勝手なことを、云うな。……それにしても、ちょっと妙な話だな」

「へえ、たしかに、妙な話でございますよ。あの優しい奥様が、お嬢さまを、置きざりにして、雲がくれなさるなんざ、どうも腑《ふ》に落ちませんや。……あまり綺麗なんで、ひょっとして、さらわれたのじゃあるまいか、と噂もして居ります」

「お前の長屋は、どこにある？」

「八間町《はっけんちょう》の、清水稲荷《いなり》の裏にあたりやす。……一度、その子を、ごらんなすって頂きとう存じます。近所には、ろくでなしがごろごろして居りやすから、もしかすると、さらって、吉原《なか》へでも売りとばしかねねえのでね。是非、お願い申しますよ」

喜八郎は、陽《ひ》が高く昇って、今日も相変らず蒸し暑くなった時刻、わが家へもどり着いた。

知りあいの蘭学医《らんがくい》のところへ、立ち寄って来たのである。

伏見小路家から持ち出した南蛮書をみせて、もし読めるならば、どんな内容か教えて欲しい、とたのんだのである。

「これは、イギリス国の本ですな」

蘭学医は、イギリス語はほとんど読めなかった。

しかし、しきりにめくっているうちに、いくつかの絵図を見つけて、

「どうやら、歴史を記述したものらしい」

と、見当をつけてくれた。

それだけでも、判れば、見つけものであった。

但し、息女の失踪《しっそう》とは、あまり関係がないように思われた。

喜八郎は、蘭学医に、その書物を預けておいて、帰宅したのである。

豆六が、詰めていて、庭で、少年たちに、相撲《すもう》をとらせていた。

「お帰んなさいまし。つい先程、佐原の旦那が、おみえになって、急用がある、と仰言って居りましたが、お呼びして参りましょうか？」

「ひとねむりしてからだ」

喜八郎は、座敷の床の間の花茣蓙に、ごろりと横になった。

すぐに、睡魔がおそって来た。

どれくらい、ねむったろう。

「おい――」

佐原三郎次の声で、目がさめた。

喜八郎は、起き上ってみて、三郎次の顔が、胸を患ってただでさえ蒼白い上に、さらに、ひどく緊張しているために、薄気味わるいものになっているのを、みとめた。

「どうかしたか？」

「女房が、昨夜、もどって来ないのだ」

「………」

「春をひさいで居るらしい、とはカンで知っていたが、いままで、一度も、家をあけたことはなかった。……とうとう、昨夜、もどらなんだ」

「………」

「杉江のやつ、もどって参らんのではないのか。そんな気がする。……お主、どう思う？」

「さあ、どうとも云えぬな」

「杉江は、春をひさいでいるうちに、好きな男が、できたのかも知れぬ。それとも、身を売って、わしら父子をやしなっているのが、つくづく、いやになったのではなかろうか」

——この男は、女房に身を売られても、それを、杉江さんに向って、口に出せぬほど、惚れていた。

喜八郎は、思った。

――だから、女房などというものは、持たぬにかぎる。

「杉江が、もどって来ないとなると、わしは、どうすればいいのだ？」

「もどって来たら、黙って、許すか？　昨夜、どこへ泊った、などと訊ねずに――」

「訊ねるものか。わしには、訊ねる資格などない」

喜八郎は、今日一日待ってみることにしたらどうだ、となだめて、三郎次をひきあげさせた。

豆六が、次の間から現れて、

「どうも、お気の毒で、佐原の旦那のお顔が、まともに、見れませんや」

と、云った。

喜八郎は、腕を組んで、

「伏見小路家の息女は、大層な美人であったそうだ」

「へえ？」

「浅草の八間町の裏店《うらだな》に住んでいた浪人者の後家も、美人であった、という」

「なんです、それァ？」

「佐原のかみさんも、貧乏同心には過ぎた美人だったな」

「…………？」

「美人が、つぎつぎと、家から姿を消した、というわけだ」

「旦那！」

「まだほかに、しらべれば、美人が幾人もいなくなっているかも知れぬ」

「御府内に、人さらいがいる、なんて、まだきいたことがありませんがねえ。近所の猫なら、もう五六匹、さらわれて、いまごろは、三味線の皮になって居りやすが
——」

「美人が、さらわれると、どうなる、豆六？」

「どこかの廓《くるわ》か、淫売宿《いんばいやど》へ売りとばされる、と考えるのが、まあ、常識というやつですがねえ」

「旗本大身《たいしん》の息女を、女郎や淫売に売るのは、いささかもったいないではないか」

喜八郎は、薄ら笑った。

その六

朝――巳刻《みのこく》（午前十時）になると、八丁堀の往還には、町奉行所へ出勤する与力・同心の姿が、現れる。

与力は、裃をつけ、若党に御用箱を持たせ、雪駄《せった》の音をたてていた。

同心は、黒羽二重の着流しで、博多《はかた》の帯を、小粋《こいき》に締めていた。

町方の、これらの役人は、どんな遠くからでも、一瞥《いちべつ》で、それと知れる。いでたちに、こまかな神経をゆきとどかせて、しゃれた渋味をみせているのであった。

その髷《まげ》も、小銀杏《こいちょう》といい、八丁堀独特の結い方であった。月代《さかやき》をひろくして、小鬢《こびん》まで剃《そ》り、頭に髪がぴったりくっつかないように髱《たぼ》を出し、髷の一文字もわざと短くして、刷毛先《はけさき》をちょっとひろげただけである。

尤も――。

すべての町方で、いでたちに凝っているわけではなかった。

九人の少年たちに、見送られて、家を出た大和川喜八郎などは、着流した黒羽二重も、だいぶ色あせて、着くたびれていたし、印籠《いんろう》も携げていなかったし、小銀杏も、髪結《かみゆい》に結ってもらったやつではなく、子供たちに結わせているので、あまり恰《かっ》好《こう》はよくない。

そういえば、喜八郎の家が、近隣とくらべて、構えが最も貧弱である。

八丁堀では、与力が三百坪、同心が百坪、宅地を拝領して、これに、自分好みの家を建てていた。与力の屋敷は、いずれも、旗本風に冠木門《かぶきもん》で、門外には小砂利を敷きつめ、式台つきの玄関は、千石取りの構えをみせていた。

同心の組屋敷は、与力のそれに比べて、当然、がたっと落ちるが、それでも、かなり立派な構えの家も見受けられた。

与力の俸禄《ほうろく》は、二百石。同心は、知行《ちぎよう》取りではなく、蔵前《くらまえ》取りで、年俸三十俵二人扶持。三十俵すなわち、四斗俵で十二石、たったの十二両。

――これで、くらしが成り立つわけがない。女中でさえ、年三両の給金である。

与力・同心が、この薄給で、くらしが成り立っているのは、別途収入があったからである。

与力には、諸大名から、応分のつけとどけがあった。

江戸に、上屋敷、中屋敷、下屋敷を持つ大名がたは、いついかなる時に、どのような事件が起るか知れない。その際、町奉行所といざこざを起さぬよう、また解決方法をたのむ場合もあるので、平常から、与力には、つけとどけをしておくのである。

たとえば、家中の定府あるいは勤番の士が、町人を殺傷した、といった不祥事を起した場合、町方与力の裁量によって、主家に傷がつかぬようにすることができる。

したがって、大名がたでは、代々頼み、というたのみかたさえもあった。すなわち、薩摩《さつま》藩では何某《なんのなにがし》に、また、仙台藩では何某に、といったあんばいに、代々、依頼する町方与力をきめて、年何回か、つけとどけをしておく習慣になっていた。

大藩になると、一回のつけとどけが、二十五両というのが常識のようであった。

したがって、代々頼みの大名を、たくさん持っている与力は、非常に裕福であった。一年に三千両も別途収入のある与力も、数人はいたのである。

同心の中にも、定廻りや臨時廻りで、大名がたから、つけとどけのある者は、貧しくはなかった。さらに、富裕な町家からつけとどけがある同心は、むしろ、数百石の旗本よりも、台所がゆたかであった。

妾宅《しょうたく》を三軒も持っている同心さえ、いたのである。

貧乏なのは、隠密廻りの同心であった。

大名または旗本の屋敷から、なにかの事件の解決を依頼されて、臨時報酬を得るほかには、隠密廻りには、どこからも、つけとどけはなかったのである。

隠密廻りの大和川喜八郎が、常に、懐中無一文であったのは、やむを得なかった。

うしろから、呼ばれて、振りかえると、内与力の佐野主膳《さのしゅぜん》が、一歩毎《ごと》に、大きく右へ上半身を傾け乍ら、近づいて来た。

「喜八郎――」

内与力というのは、町奉行つきの、いわば私設秘書役で、町方の中から特に熟練者がえらばれて、その任務に就いていた。南北両奉行所に、三人ずついた。

佐野主膳は、容貌《ようぼう》も醜く、生来の跛《びっこ》であったが、奉行所随一の利け者といわれていた。もう五十を越えていた。

この佐野主膳が、最も信頼を置いているのは、喜八郎であった。

「やしなって居る子供は、幾人になったかな？」

佐野主膳は、肩をならべると、訊ねた。

「九人になりました」

「米一石が一両二分にもはねあがった当節、食い盛りを、九人もかかえて、よくしのげるのう」

「よくしたもので、米櫃《こめびつ》が底をついた頃、どこからか、一升二升と、贈られて来ます。諸侯の附届《つけとど》けよりも、この方が、心がこもって、有難い次第です」

「ふうん。そういえば、お主、その利け腕を、一向に、臨時かせぎには、役立てて居らぬ模様だな」

「一昨夜、百両をもうけそこねました」

喜八郎は、伏見小路家に起った事件を、包まず、手短かに、話した。

「伏見小路家の先代甚左衛門《じんざえもん》とは、少しは、面識があった」

佐野主膳は、云った。

「蘭学狂いで、しきりに、日本は異邦に対して開港すべきだ、と主張していたが、……ふむ、その孫娘が、行方知れずになったか」

その時は、それだけ口にして、内与力は、あとは、沈黙した。

喜八郎には、その沈黙は、なにか思案をめぐらすためのもののように、受けとれた。

はたして、奉行所で、午后もかなりおそくなって、喜八郎は、佐野主膳に、用部屋に、呼ばれた。

「伏見小路甚左衛門のことだが、一昨年逝去する直前に、評定所《ひょうじょうしょ》に、奇妙な訴状を呈出して居る」

「どのような訴状を――？」

「お主も、そのむかし、隣邦から、倭寇《わこう》とおそれられた日本海賊の働きぶりは、つたえきいて居ろう」

「きいて居ります」

「倭寇はやがて衰えて、御朱印船が起り、日本人は、ぞくぞくと、万里の海表を往来し、南洋諸州に、つぎつぎと、日本人町をつくったのじゃな。呂宋《ルソン》をはじめ、シャム、カンボジヤ、ジャワ、安南《アンナン》などにな。……公儀は、寛永年間に、耶蘇教《ヤソきよう》をしめ出すために、鎖国令を出した。爾来《じらい》、わが国の民は、一人も、海を渡ることはできなんだ。とともに、異邦に在った日本人も、帰国を禁じられた。御朱印船の航行も禁じられ、南洋諸州に、町をつくった日本人は、帰国の途《みち》をうしなった。安南に在った日本人が五人、ひそかに小舟を駆って、帰国したところ、たちどころに捕えられ、誅殺《ちゆうさつ》された、という記録も、のこって居る。公儀は、法令の威を示すために、敢《あ》えて、この誅殺をした次第だ。ここにいたって、海外に在った幾万の同胞は、全くの孤立無援の悲運に陥《お》ちた。……天保《てんぽう》の今日、呂宋にも安南にも、シャムにもカンボジヤにも、もはや、草亡木卒、日本人町の遺跡すら尋ねることはできなくなった、と想像されて居った。ところが、伏見小路甚左衛門は、南蛮書をひもといているうちに、今日なお、高砂《たかさご》にも呂宋にも安南にもカンボジヤにも、日本人町が、存在し、勇敢なる先祖の血筋を、脈々として絶えることなく、享《う》け継いで居ることが判明いたしたゆえ、何卒、法度《はっと》を曲げて、かれらの帰国をご許可ありたい。そういう訴状を呈出したのだ」

「…………」

喜八郎は、黙って、佐野主膳の視線を、受けとめている。

「評定所では、この訴状を、蘭学狂いの老人の妄想にすぎぬ、としりぞけ、甚左衛門を召して糾問することもせなんだ。甚左衛門は、重ねて、訴状を呈出したが、もとより、再検討される余地はなかった。……甚左衛門は、大層憤激した模様であったな。憤激のあまり、死期をはやめたと思われる。……孫娘の失踪は、このことと、なにか、関連がありそうな気がする」

佐野主膳は、そう云ってから、ひと綴《つづ》りの書類を、喜八郎の膝の前へ、投げた。

「これは、中川《なかがわ》の見張番所が、この五年間に出入した船の名と積荷の内容を、一覧にしたものだ」

中川番所というのは、箱根の関所に対する、海の関所で、江戸の海手の監視所であった。小名木川《おなぎがわ》の入口、東北の岸に設けられている。

寄合席の旗本三千石以上の大身が、五日間ずつ交替で、中川御番衆として勤めていた。というと、いかにも、大役であるが、元禄以降の泰平つづきの時代に、抜荷がはこび込まれるような事件など、ひとつも起らず、この番所の役人は、上下とも、最も退屈な閑職のひとつになっていた。

「この一覧を調べてみて、ひとつ、お主の頭脳を働かせてもらおうかな」

佐野主膳は、命じた。

「かしこまりました」

喜八郎は、書類を懐中にした。

それから、あらためて、主膳を視かえして、

「ところで、南洋諸州に、いまなお日本人町が在る、という訴えは、蘭学狂いの老人の妄想と、佐野様も、お考えでありましょうか？」

と、訊ねた。

「わし個人の意見では、妄想とは思わぬ。異邦の地で、町をつくれば、たとえ母国に見はなされても、いや、そのためにかえって、互いにかたく団結して、町を守りつづけようとするのは、人情であろう。もちろん、つぎつぎに客死して、滅びた町

もあろうが、いまなお、血統を絶やさずに、日本人のみが聚落《しゅうらく》をつくっている、と想像しても、これは、妄想ではあるまいな」

「わかりました」

奉行所を出て、帰途についた喜八郎の脳裡《のうり》には、昨朝、自分を襲撃した曲者《くせもの》のことが、うかんでいた。

虚無僧姿になった暗殺者の使った剣の業は、喜八郎の識《し》る流儀にはないものであった。

いうならば、実戦の経験によってつくられた攻撃法とも、受けとれた。無二無三に斬りつけて、撃ち損じた刹那《せつな》におのが身に隙《すき》が生じることなど一切考慮しない、という凄じい攻撃法であった。

現在の道場では、あのような兵法を教えてはいない。

——あれは、戦国の頃の、戦場剣法といえるかも知れぬ。

喜八郎は、その敵を峰撃ちでしりぞけた直後、仲間が馬を駆って、出現するや、負傷者を馬上にひきあげざまに、遁《に》げ去った鮮やかな光景を、思いうかべて、

——あの見事さも、戦場に於《お》ける味方救助の修練といえるようだ。

と、考えた。

今日の武士は、馬攻めにあたって、あのような稽古《けいこ》などはせぬ。

帰宅した喜八郎を、待っていたのは、佐原三郎次であった。

「女房のやつ、もう永久にもどって来ぬ、と判った」

悲痛な面持で、三郎次は、告げた。

「手紙でも、寄越《よこ》したのか？」

「いや、手紙ではなく、品物を、とどけて来た」

「品物？」

「うむ。……見てくれ」

三郎次は、わきに置いた包みものを、ひらいた。

現れたのは、三寸ばかりの高さの仏像であった。金色であった。

喜八郎は、手に把ってみて、ずしりとした重さに、

「これは、金無垢《きんむく》だな」

「そうだ。それを、女房は、おのが身とひきかえに、わしら父子にのこして行った」

「…………」

喜八郎は、じっと、仏像を瞶めた。

あきらかに、これは異邦製《づくり》であった。

「手紙は、そえられてなかったのか？」

「いや――」

三郎次は、かぶりを振り、

「どこかの見知らぬ旅商人ていの男が、お宅の奥様にたのまれて、おとどけにあがりました、と云って、置いて行った。こっちに、なにかたずねるいとまも与えずに、さっと、立ち去り居ったのだ」

「…………」

「金子《きんす》をのこすのなら合点できるが、こんな仏像をのこすとは、どういう料簡《りようけん》なのか？」

「おそらく、……杉江さんの身柄を買った対手がたは、小判を持っていなかったのだろう」

「どういうのだろう、それは？」

「つまり……、杉江さんは、日本の金子を持たぬ徒党に、身を売って、どこか、遠くへ――海のむこうの異邦へ、つれて行かれようとしている、というわけだろうな」

「おい！　そんな徒党が、江戸へ現れている、というのか？」

三郎次は、こめかみを痙攣《けいれん》させ、肩を喘《あえ》がせた。

「まだ証拠をつかんだわけではない。しかし、わたしのカンでは、そういう筋書きになる」

「どうすればいい？」

「お主にたのまれるまでもなく、わたしが動いてみるが、杉江さんをつれもどすことができるか、どうか、受けあえぬな」

わざと冷たくこたえてから、喜八郎は、

「壱太、豆六を呼んで参れ」

と、命じた。

豆六が、大急ぎでやって来ると、喜八郎は、

「八間町の、清水稲荷の裏手にある裏店で、西国浪人の後家が、七歳ばかりの娘を置き去りにして、姿を消して居る。その娘の許《もと》へ、金無垢の仏像が、とどけられたかどうか、調べて来てくれ」

「へい、かしこまりました」

豆六は、とび出して行った。

半刻《はんとき》も経たずに、豆六は、馳《は》せもどって来た。

「たしかに、まちげえなく、その娘の許には、金無垢の仏像が、とどけられて居りやした」

「これと、同じやつだったろう」

喜八郎は、三郎次が持参した仏像を示した。

顔を寄せた豆六は、

「全く、すんぶんのちがいもありませんや」

と、こたえた。

その七

その夜、喜八郎は、水瓜《すいか》畑のような光景を呈している座敷の片隅で、少年たちの寐言や寐返りの音をきき乍ら、内与力佐野主膳から手渡された書類を、丹念に調べた。

子刻《ねのこく》（午前零時）の時鐘をきいた時、喜八郎は、書類を床の間へ投げた。

「長崎屋か」

一言、呟いた。

日本橋本石町三丁目の長崎屋源兵衛のことであった。

長崎屋は、唐物屋《とうぶつや》であった。長崎に本店を構え、江戸は支店であったが、大層な構えで、富有を誇っていた。

当時、長崎出島《でじま》のオランダ商館から、オランダ人が、五年に一度ずつ参府して、将軍家に目通りを許されるならわしであった。さまざまな珍奇の品を献上し、また老中・若年寄以下係りの諸役人にも、それぞれ土産物を贈ったので、オランダ人参府は、大いに歓迎された。

このオランダ人の宿泊するところが、長崎屋であった。長崎屋には、店の奥に、洋館が設けられ異邦人を泊める設備がしてあったのである。

喜八郎が、書類を調べたところ、長崎屋の船の長崎・江戸間の往復が、この五年間に、次第に、回数を増していることが、判った。

五年前には、年に二度ぐらいであったのが、今年に入っては、半年間に三度も、往復している。

オランダ人が参府して来たのは、二年前であるが、その時は、長崎屋では、特に船を二艘《そう》に増して、江戸へ航行させている。

オランダ人は、規定によって、陸路をやって来る。献上物は、長崎奉行配下によって、守られて、運ばれて来る。

べつに、長崎屋が、その運搬方をひき受けている次第ではない。したがって、オランダ人参府にあたって、船数を増して、江戸へ航行させる必要はないようであった。

しかし、中川番所では、

「オランダ人参府ゆえ、長崎屋も、なにかと多忙らしい」

と、受けとって、べつに、積荷を調べてもいないようであった。

いや、中川番所では、長崎屋の船には、閣老がたへの土産物が積まれている、と解釈して、調べることを遠慮した様子である。

――どうやら、ここらあたりに抜穴があるらしい。

これは、隠密廻りの同心としてのカンであった。

翌朝――。

喜八郎は、豆六を呼んで、

「長崎屋の船は、どこに錨《いかり》をおろしているか、調べて来てくれ」

と、命じた。

「へい、承知しやした」

豆六は、半刻も経ずして、報告にもどって来た。

「長崎屋の船は、三日前に、長崎へ帰って行った、ということでさ」

「三日前？」

喜八郎は、首をひねった。

「東海道を追いかけると、どこかで追い着くのじゃありませんかね」

「その必要は、あるまい」

「へえ――？」

「三日前に、出帆した、ということは、まだ、船は、近くに碇泊《ていはく》している、ということかも知れぬ」

喜八郎は、つじつまの合わぬ言葉を、口にした。

「どういうんで――？」

「わたしのカンがあたっているとすれば、そうなるのだ」

「どこにかくれているか、見当がつきやすか？」

「夜までには、見当をつける」

「夜？　ずいぶん、のんびりとしていなさる」

「急《せ》いては、事を仕損ずる。……おい、お前たち――」

喜八郎は、九人の少年たちにむかって、

「怪しい奴が、近所を、うろついていたら、かまわねえから、塩をぶっかけてやれ」

と、云った。

美しい女性を神かくしに遭わせた対手がたの、当面の敵は、この大和川喜八郎なのである。

当然、こちらがどう動くか、監視しているに相違ないのである。


夜――初更（午后八時）。

「そろそろ、出かけるか」

喜八郎は、腰を上げた。

九人の少年たちは、黙って、喜八郎を見上げている。

「この中で、舟を漕《こ》げるのは？」

喜八郎は、訊ねた。

参太と五太が、手を挙げた。

参太は、木更津《きさらづ》と江戸を往復するこやし船の伜であった。大時化《おおしけ》をくらって、船が転覆して、父親が溺死《できし》し、孤児になったのである。

「よし――、二人、ついて参れ。あとの七人は、家の中で、合図を、待て。合図があったら、とび出して行って、怪しい奴らを、面くらわせる騒動を起せ」

少年たちは、午すぎと夕餉前に、怪しいと思われる男が、しきりに、この家をうかがっているのを、見とどけていた。

その一人は、何気ないふりで、玄関まで近づいて来て、いきなり、物蔭《ものかげ》から、塩をぶっかけられて、あわてて、逃げている。

喜八郎は、玄関から出るかわりに、長六畳の部屋の押入れを開けた。

そこから、梯子段《はしごだん》で、屋根へ抜け出られるつくりになっていた。

往来とは反対側の勾配《こうばい》へ抜け出て、そっと匍《は》って、上棟から顔をのぞけた喜八郎は、数軒へだてた空地の前に、甘酒の屋台が出されているのを、みとめた。

「あいつだな」

喜八郎は、参太に、「合図しろ。敵はあの甘酒屋だ」と教えた。

参太は、するすると、匍いもどると、天窓から、待機した七人の少年たちに、

「おもての甘酒屋を、やっつけろ！」

と、つたえた。

次の瞬間、七人の少年は、わあっ、と叫びをあげて、家からとび出した。

敵味方にわかれたわけではなく、対手かまわず、とびかかり、つかみあい、なぐりあいつつ、次第に、甘酒屋に近づいた。

甘酒屋は、年配の夫婦者らしくみせかけた男女であったが、旋風《つむじ》を起して、殺到して来た少年の群に、はっとなって、顔を見合わせた。

まっさきに、駆けたのは、壱太であった。これに、すぐあとを追った四太が、甘酒屋の前で、とびついた。喚《わめ》きたてた二人は、組みあうや、屋台へぶっつかった。

あとの五人が、これに加わって、忽《たちま》ち屋台をひっくりかえして、滅茶滅茶に、あばれまわった。

他目《よそめ》には、少年たちが集団喧嘩をしている光景であり、甘酒屋は、そのとばっちりをくらって、ひどい目に遭っているかたちであった。

甘酒屋に化けた男女は、あわてて、難を避けるふりをして、大和川家へ近づこうとした。

すると、少年たちの旋風は、かれらを押し包んで、狂いまわった。

その隙に——。

喜八郎と参太と五太は、裏の空地へ降りて、奔《はし》っていた。

それから、しばらくして、三人をのせた小舟が、大川へ出ていた。

参太が漕ぎ、五太は舳先《へさき》に、喜八郎は胴の間で舷《ふなべり》によりかかり、ひくく、小唄《こうた》を口ずさんでいた。

　愚痴も出る筈　女じゃものを
　嫌なものなら　なぜまた初手に
　気強く云われりゃ　あきらめる

風はなかったが、もう川の上は、涼しかった。下弦の月が、東の空にかかって、白い。

参太は、「海へ——」と命じられて、黙々と、けんめいに、漕ぎつづける。

永代橋《えいたいばし》の下の闇に入った時、喜八郎は、

「行先は、石川島《いしかわじま》だ」

と、告げた。

「旦那様、人足寄場へ行くんですか！」

参太が、訊ねた。

「いや漁師町の波よけ場だ。五太が育ったところだ」

「はい――」

「お前たち、今夜は、生命《いのち》がけの仕事になるかも知れぬぞ。覚悟をしておけ」

参太は十四歳だが、五太は、まだ十歳であった。

不敵にも、喜八郎から、そう云われると、「面白《おもしれ》えや」と呟いたのは、五太であった。

喜八郎は、それが、どんな危険な仕事か、すぐには、教えなかった。

少年たちに、危険な仕事の手伝いをさせるのは、はじめてのことであった。


舟が、石川島の漁師町に近づくと、喜八郎は、五太をそばへ寄せて、頭から菰《こも》をかぶり、櫓《ろ》を持つ参太には、ふんどしひとつの素裸にならせ、向う鉢巻をさせた。

参太は、体格がいいから、遠目には、一人前の男に見える。

漁師町と人足寄場のあいだは、入江から掘割になっていて、時化の際は、多くの船が、ここに避難できるようになっていた。

舟は、ゆっくりと、その入江に来た。

喜八郎は、菰の蔭から、鋭い視線を送った。

大小の船が、入江に錨をおろしていた。

——あれだな！

喜八郎は、二本檣《マスト》を持った千石船を、すかし視て、見当をつけた。

外観は、似関船《にたり》である。似関船は、上廻りが関船（軍船）に似ているためにつけられた名称で、荷船と関船の両様に用いることができる。

「参太——、あの似関船のわきを、抜けて、掘割に入れ」

「合点——」

「いそぐな。ゆっくりだぞ」

喜八郎は、船体にふれんばかりにして、行き過ぎ乍ら、月光に照らされた船の特徴を、観察した。

——ただの商い船ではない。舳先の船首材も、胴体の鉄板張りも、檣の高さも、これは、西洋式技術を採って造ったやつだ。似関船どころか、これは、軍船として造られてあるのだ。

五百石以上の軍船は、製造を禁止されている時世であった。

ただの商家が、千石の軍船を所有するのは、奇怪である。

——中川番所が、これを、ふつうの似関船としか、見なかったとは、よほど、間抜けだ。

巧妙な偽装がなされているが、いやしくも、海上警備の任に就いている者ならば、その構造に、不審をおぼえぬのが、おかしい。

中川御番衆など、閑職中の閑職なので、下役たちも、だれきっていて、軍船と商船の区別もつかぬほど無知識になっているに相違なかった。

そのわきを過ぎて、そっと振りかえった喜八郎は、

——あの艫《とも》の遮浪《しやろう》装置だけ見ても、これが、日本で造られたものではないことが、明らかではないか。

中川御番衆とその配下たちに対して、腹が立った。

掘割のずっと奥へ、舟を漕ぎ入れさせておいて、喜八郎は、菰をはぐりすてて、

「お前たち、あの千石船の中に乗っているのは、ただの船頭や水主《かこ》どもではない。ひとつ、船内をしらべたいが、やれるか？」

と、少年たちに、云った。

「やります、旦那様」

参太が、勢い込んでこたえた。

「待て、お前は、すこし大きすぎる。……五太、お前の方がいい。お前は、この佃島で育っている。こそ泥になれ」

「はい」

「見つかった時のために、何か珍しいものを盗んでおいて、船内をしらべるのだ。うまくやらぬと、そのまま、船で、どこか遠いところへ、つれて行かれるぞ。いいな、臍《へそ》の下に、胆《きも》っ玉《たま》があるか、一度、撫《な》でてみろ」

五太は、撫でてみて、

「ある！」

と、こたえた。

「よし、行け」

五太は、岸辺にとびあがると、走った。

その千石船を、むこうに眺める地点で、着物を脱ぎすてた五太は、そっと、水中に入ると、巧みな平泳ぎで近づいて行った。

物心ついた頃から、海を遊び場所にしていた五太は、遠くからこの入江にやって来た船に、そっともぐり込んだ経験は、一度ならず持っている。

のぼるのは、艫よりも、舳先の方が、発見されないことも、知っていた。

猿《ましら》に似た身軽さで、ひょいひょいと、のぼって行き、やり出し（舳先に突出した帆柱）に、とりつき、しばらく、甲板の上に、人影があるかないか、窺《うかが》った。

人影もなく、船内は、ひっそりとしていた。

五太の小さな裸身は、舳先から、甲板へ、すばやく掠《かす》めた。

非常な速力で、小舟が、この入江へ、入って来たのは、その時であった。

四つの人影が、その中にあった。いずれも、おもてを包んでいた。

小舟は、千石船の船腹へ、ぴたりと着いた。

妙な合図の声が、かけられた。

すると、船腹の上部の窓がひらかれ、そこから、鎖梯子《くさりばしご》が、音たてておろされた。

四人の男は、それをのぼって、つぎつぎと、船内へ、姿を消した。

このさまを、喜八郎は、岸辺からすこしはなれた場所で、ひきあげられてある老朽船の蔭から、眺めていた。

――五太は、つかまるおそれがある。

不吉な予感が、脳裡に起った。

その八

五太は、鼠《ねずみ》のようなすばやさで、船内へもぐり込んでいた。
船内は、いくつかの室が設けられていて、三室ばかりに、灯が入っていた。
話声も、きこえる。
――なにを盗んで、やろうかい。
五太は、まず、暗い室をえらんで、そっと忍び込んだ。
明り取りの丸窓から、さし込む月光があったので、五太の目は、すぐ闇に馴れた。
大きな積荷ばかりで、手につかめるような品ものは、ひとつもなかった。
――ちえっ！
五太は、次の室へ、忍び込んだ。
「あれ？」
その室もまた、五太にとって、興味のない品ものばかりが、積み込まれてあった。
畳表とか、等身大の仏像とか、簞笥《たんす》とか――。
鎧櫃《よろいびつ》がいくつもならべてあったので、そのひとつの蓋《ふた》を開けてみると、ちゃんと具足が入っていた。

「なんでえ、しようがねえや」

五太は、通路へ出た。

灯のある室を、そっと窺ってみる気になった。

忍び足で、その一室に近づいた五太は、戸の隙間へ、片目を寄せた。

――へえ！

思わず、胸のうちで、つぶやいた。

佐原の旦那の奥様が、ここにいたぜ！

まさしく、丸窓の下に坐って、俯向《うつむ》いている女の顔は、五太たちが、ちょいちょい見かける佐原三郎次の妻杉江のものに、まぎれもなかった。

そのほかに、三人ばかりの女が、はなればなれに、ひっそりと坐っているのを、覗《のぞ》くことができた。

五太は、このことを報告すれば、自分の役目はすむのだ、と合点した。

すばやく、通路を掠めようとした――その時、灯のある別の室の戸が、開かれた。

「おっ！」

出て来た男は、五太の姿をみとめて、声をあげた。

「わっぱがいっぴき、忍び込んで居るぞ！」

叫び声をあびて、五太は、はねあがって、奔った。

「わっぱをのがすな！」

各室から、船の男たちが、一斉に、どっと出て来た。

五太は、甲板へ、とび出したところを、頭髪をわし摑《づか》みにされた。

「捕えたぞ！」

そう叫ぶ男の胸へ、五太は、むしゃぶりついて、思いきり、嚙みついたが、突きころがされ、したたか、腹を蹴られて、なかば気をうしなった。

集って来た男たちの一人が、五太を覗き込んで、

「やはり、そうだ。隠密廻り町方同心の大和川喜八郎が養っているわっぱの一人だ」

と、云った。

「どうするかのう。やむを得ぬから、連れて行くか」

「そうするよりほかは、あるまい」

その時、船内から姿を現した者が、ゆっくりと、近づいて来た。

六尺を越えた長身の人物であった。

「そのわっぱが、忍び込んだところをみると、近くに、大和川喜八郎が、忍んで居るということだな」

そう云ってから、舩に寄ると、大声で、

「町方同心に、物中す」

と、呼びかけた。

「お主が、当船に忍び込ませたわっぱを、捕えたぞ。どうする？」

喜八郎は、やむなく、廃船の蔭から、身を起した。

「その子をはなして頂けるならば、代って、それがしが、そちらへ参る」

喜八郎は、こたえた。

「わっぱいっぴきと、おのが身を、交換すると申すのか？」

「その子は、それがしが、忍び込ませたものゆえ、責任を取らねばならぬ」

「生きて還《かえ》れぬ、と覚悟の上だな？」

「左様——」

「よし、お主の小舟を寄せろ」

その時、五太が、声をあげた。

「旦那様！　いけねえや！……この船には、佐原の旦那の奥様が、いますぜ。それから、ほかの、女のひとも――」

　喜八郎は、自分の見当がはずれていなかったのを、知った。

「参太、舟を、あの船へ漕ぎ寄せろ。おれが代って、五太が降りたら、いのちがけで、漕いで逃げるのだ。やれるな？」

「やれます。でも、旦那様は――？」

「おれのことは、心配無用だ」

　喜八郎は、参太をして、岸辺を奔らせた。

　掘割の奥から、参太が小舟を漕ぎ寄せて来ると、喜八郎は、とび乗った。

「旦那様！　おいらのことは、いいんだ！」

　けなげにも、五太が、絶叫した。

「おいら、呂宋でも安南でも、どこへでも、つれて行かれてやるんだ。旦那様！　ここへ来るのは、止《や》めて下さいっ！」

「五太！　わたしの云う通りにするのだ！」

　喜八郎は、鎖梯子が、おろされると、それを、中ほどまで、のぼった。

「子供をおろして頂こう」

　五太は、綱でくくられて、するするとおろされた。

喜八郎と五太は、宙で、すれちがった。

「旦那様！　死んじゃ、いやだ！」

五太は、叫んだ。

「家へもどって、待って居れ」

喜八郎は、云いのこした。

参太は、五太を乗せると、必死の力で、南蛮船から、はなれた。

「子供どもが、遁《に》げるぞ！」

「遁がすな！」

どよめき立つ船の男たちを、頭領が、制した。

「すておけ」

「しかし、あやつらが、もどって急報すれば、奉行所からの追手が――」

「幕府の軍船で、この船に追い着けるのはない。この同心は、子供らに、奉行所へ急報せよ、と命じては居らぬはずだ。そうではないか？」

頭領は、喜八郎に、訊ねた。

「左様――。このたびのことは、それがし個人が解決する肚で居る。談合の余地がある、と存じたので、こうして、単身で、上って参った」

「町奉行所の同心に、お主のような胆力をそなえた人物がいたとは、不明にして知らなかった」

頭領は、月明りに、皓《しろ》い歯をみせて、笑った。

「まず、談合の前に、尋問させて頂く」

喜八郎は、数十人を前にして、声音を冴《さ》えさせた。

「この船は、どこから、参ったのか？」

「呂宋のサンミルゲより、参った」

「そこに、日本人町が在る、といわれるのか？」

「いかにも——。二百年前には、三千余人が住み、いまなお、六百七十六人が、サンミルゲに住む」

「祖国へ帰って来た目的は？」

「祖国の品々を、はこぶためだ」

「品物のみならず、婦女子を拉致しようとするのは、許せぬ」

「待て——。サンミルゲに在る日本人六百七十六人中、女子は、わずかの六十三人だ。のみならず、若い女子は、三十二人に過ぎぬ。……これでは、われら同胞が、年毎に減少するのは、必定。われわれは、民族の純血を保つために、異邦民らと婚姻をむすぶことを、かたく排除して参った。それゆえに、寛永十三年の鎖国時には、三千余人をかぞえたにも拘らず、女子の尠《すくな》きために、逐次人口は減少して、いまや、七百にも満たぬさびしさと相成った。……サンミルゲ日本人町に必要なのは、祖国の品々よりも、祖国の女子なのだ」

「しかし、暴力を以《も》って、拉致することは、許せぬ所業ではないか」

「われわれは、暴力を以って、拉致しては居らぬ」

「………？」

「お主自身が、船室へ降りて、たしかめるがよかろう。われわれは、決して、いやがる者をとらえて、連れ去ろうとして居るのではない」

喜八郎は、その船室に、降りた。

喜八郎が一歩踏み込むや、それぞれ板壁ぎわに座を占めていた七八人の女が、一斉に顔を擡《もた》げて、視線を集めた。

悲鳴に似た小さな叫びを発したのは、佐原三郎次の妻杉江であった。

杉江は、しかし、すぐに、ふかくうなだれた。

喜八郎は、一人一人の顔を、ゆっくりと視た。

いずれも、眉目《びもく》整った女ばかりであった。そして、共通しているのは、娘ではなく、人妻あるいは後家であったことと、貧しさにやつれていることであった。

喜八郎は、八人のうち、一人だけ、娘がまじっているのを、みとめた。武家娘で、容貌も際立って美しく、身装《みなり》も立派であった。

喜八郎は、その前に進んだ。

「貴女は、伏見小路家のご息女八重殿ですな？」

そう問われて、武家娘は、

「はい」

と、みとめた。

「この船に乗って居られるのは、貴女ご自身の意志ですか？　それとも、拉致されて、やむなく、覚悟をきめられたか？　いずれか、おうかがいいたしたい」

「わたくしは、自らすすんで、呂宋へ参ろうとして居ります」

「何故に？　旗本納戸頭の息女、というめぐまれた身分をすてて、法を犯してまでも、見知らぬ異国へ渡って苦労をされようというのは、如何《いか》なる存念であろう？」

「これが、祖父甚左衛門の遺志でありますれば……」

八重は、こたえた。その表情は、かたい意志を現して、むしろ明るいものであった。

「貴女が、男子であるならば、祖父の遺志を継いで、海の彼方《かなた》に勇飛する、というのも判らぬではないが……、女子の身で、渡海を決意されたのは、どういうものでありましょうか？」

「同心殿は、頭領殿から、話をきかれたはずです。呂宋の日本人町では、祖国の女子をもとめて居ります。わたくしは、そこへ往《ゆ》き、日本人町を守る男子を、産みます」

八重は、きっぱりと、こたえた。

「ご立派な決意と申せる」

喜八郎は、この娘の心をひるがえさせることは不可能事と、さとった。

次に——。

喜八郎は、八間町の清水稲荷裏手の裏店に住んでいた、七歳の娘を置き去りにした女性はどなたか、と見まわした。

「わたくしでございます」

返辞が、あった。

「貴女は、金無垢の仏像とひきかえに、心ならずも、身を売られたわけですな」

「はい」

「なろうことならば、いますぐにも、わが家に帰りたい、と思って居るのではあるまいか？」

「いいえ、もう覚悟はできて居ります。国許《くにもと》へ手紙を送り、良人《おっと》の伯父より、娘をひきとってくれる返事をもらって居りますゆえ——」

「成程——」

喜八郎は、あらためて、他の女性たちを見やって、

「いったんは、覚悟をしたが、いまは、異国へ渡りたくない、と後悔しはじめているひとは、居らぬのか？　居るならば、申し出て頂こう」

と、促した。誰ひとり、応える者はいなかった。


まだ、夜の明けぬ時刻であった。

佐原三郎次の家の玄関で、喜八郎の声がした。

ほとんど睡《ねむ》らずに、牀《とこ》の中にいた三郎次は、はね起きて、玄関へ出た。

喜八郎のうしろに、妻の杉江が、俯向いて、佇《たたず》んでいるのを見出《みいだ》して、三郎次は、なにか云おうとしたが、言葉が見出せぬままに、突っ立った。

「三郎次、なにも訊かずに、杉江さんを許して、迎えてくれ」

喜八郎は、云った。

「う、うむ――」

「杉江さんは、もうどこへも行かぬ、とわたしに、誓った。……三郎次、杉江さんは、春をひさいでいたのではなかった。日本橋本石町の長崎屋が、呂宋の日本人町へ送る品物を集めるのを、手だすけしていただけだ。町方同心の妻が、抜荷の手つだいをしていたことは、いかに良人に向っても、打ち明けられなかったのだな」

「…………」

「許してやれ。過ぎたことだ」

「うむ……」

三郎次は、うなずいた。

喜八郎は、杉江のわきを抜けて、おもてへ出た。

その後姿へ向って、杉江は、感無量の謝意をこめて、頭を下げた。

喜八郎は、九人の小さな居候の待つわが家へ、帰って行き乍ら、

「つれもどせたのは、たった一人か」

と、呟いた。

他の七人の女たちは、再び帰宅しようとはしなかったのである。それぞれに、人には語れない苦労の挙句、覚悟をきめて、呂宋へ渡ろうとしているのであった。喜八郎は、ひとたび決意した女の強さというものを、まざまざと見せられたのであった。

――せめて、佐原夫婦が、幸せな家庭をとりもどしてくれれば、こんどのことは、やり甲斐《がい》があったのだが……。

喜八郎は、自分に、云ってみた。

はたして、三郎次と杉江の間が、しっくりとゆくかどうか？

杉江が、こっそり身を売っていたことは、かくしてやったし、杉江にも、絶対に良人に自白してはならぬ、とさしとめておいた喜八郎であった。

「面倒なものだ、人間が生きるということは――」

その独語をのこして、喜八郎は、わが家へ入って行った。

岡っ引源蔵捕物帳
伝法院裏門前

南条範夫

(一九〇八・一一〜二〇〇四・一〇)東京生れ。本名古賀英正《こがひでまさ》。東京大学法学部および経済学部を卒業。東大助手、中央大学などに勤務。「週刊朝日」「サンデー毎日」などの懸賞小説に入選した後、昭和三一年「燈台鬼」で第三五回直木賞受賞。以後、本格的に作家生活に入ったが、一方で経済学者として国学院大学の教壇にも立った異色の存在である。「日本金融資本論」などの専門分野での著書も数多い。代表作に「細香日記」「元禄太平記」「乱世」などがある。「伝法院裏門前《でんぼういんうらもんまえ》」は「問題小説」(昭四九・七)に掲載された。

一

「畜生、どうしても白状しねえと云《い》うのか、もっと痛い目に遭わしてやろう」

ぴしり、ぴしりと、伝兵衛《でんべえ》は巨《おお》きな手のひらで、おさとの両頬《りようほお》を引っぱたいた。

「痛いっ、何を云えばいいのです。何も隠していることなんぞありゃしません」

「こいつ、飽迄《あくまで》しらばくれやがって」

伝兵衛はおさとの襟《えり》をひっつかむと、大きく左右に開いた。二つの乳房をにぎって、力任せにひねり上げ、仰向けに突き倒す。

煙管《きせる》をとり上げ、たばこを詰め、火を点《つ》けると、一息吸って、まだ火のついたままのを乳房の間に、じじっと押しつける。

おさとは、悲鳴をあげた。

「どうだ、いい加減で白状しろ」

「あたし、何も、してやしません」

「しぶとい奴《やつ》だ。こいつ」

顔面を真赤にさせ、双の眸《ひとみ》にぎらぎらと嫉妬《しっと》の色を漲《みなぎ》らせながら、伝兵衛はおさとをうつむけにし、裾《すそ》をまくり上げて、女のふくらはぎに、煙草《たばこ》の火を押しつける。

いつものことだ。おさとの肌には、無数の火傷《やけど》の痕《あと》や、殴打の痕跡《こんせき》が残っていた。

「やめてっ、云います、云います。何でも云います」

おさとが、突然そう云ってはね起きた。

「云えば、いいんでしょう」

凄愴《せいそう》な目つきで伝兵衛を睨《にら》んだ。

「何だ、その目は――健吉の野郎とくっついたことを白状すると云うのだな」

「くっついたなんて――そんなことありません。ただ――」

「ただ、どうなんだ」

「あなたがあんまり私を苛《いじ》めるから、つらくて堪《たま》らず、健吉さんに色々相談しただけです」

「何の相談をしたんだ。駈落《かけお》ちでもしようって云ったのか」

「そんな――あたし、からだの具合もよくないし、健吉さんのお母さんが療養している小梅村の家にでも、しばらく一緒に療養させて貰《もら》おうと思って」

「それを亭主のおれに云う前に、健吉に云ったのか」

「あなたに云ってもすぐに許してくれそうもないし、健吉さんのお母さんの方から、来ないかと誘って貰うようにすれば、と思ったのです」

「ふん、小梅村のあいつの家で、あいつと乳繰り合うつもりだったのだろう」

「どうして、そんな」

「健吉の野郎は、のっぺりしたつらに物云わせて、ひとの女房や後家や茶屋女をひっかけている色事師だ。あんな野郎の口車にのって、このおれのつらに泥を塗るつもりだったんだろう、この淫奔女《いたずらおんな》め」

右腕を背にねじ上げて、ぐいぐいと締めつける。

「やめて、痛いっ、もう、あたし、我慢ができない」

「なにっ、我慢ができない。ふん、どうしようと云うのだ」

「私を、離縁して下さい。これ以上、あなたと一緒にいたら、死んでしまいます」

「おれと別れて、健吉とくっつこうって云うのか。そうはさせねえ、別れてなんぞやらねえぞ、健吉の野郎などにお前を自由にさせるぐらいなら、お前を殺してやる。畜生、あいつに、そんなに惚《ほ》れてやがるのか、こん畜生、くそっ」

伝兵衛は半分泣き出しそうな顔になって、おさとを殴りつづける。おさとは悲鳴をあげて逃げ廻《まわ》った。

浅草花川戸《あさくさはなかわど》町の酒屋丸庄の奥の離れである。中庭の向うの土蔵の背後にある使用人たちの寝所にも、その悲鳴は聞こえていたに違いない。

だが、誰も、とめにやってくる気配はなかった。

珍しいことではないのだ。

――また、旦那《だんな》が嫉妬《やきもち》やいて、おかみさんを苛めている、おかみさん可哀《かわい》そうに。

そう思うだけである。

たしかに伝兵衛の嫉妬は異常であった。その嫉妬の為《ため》に、二度まで女房に逃げられた。

三度目の女房おさとは、逃げて行く実家のない身の上である。それを見込んで女房にしたとも言える。

おさとがこれ迄、全身傷だらけになりながらも、我慢に我慢を重ねてきたのも、帰るべき家がないからであった。

父母を亡《うしな》って、茶屋奉公をしている時、富裕な酒屋の主人伝兵衛に見染《みそ》められ、女房になれと云われた時は、永い貧乏暮らしから脱け出られると、夢のような気さえした。

だが、その夢は無惨にこわされた。

全く身に覚えのないことで、烈《はげ》しくしつこく、嫉妬され、責め苛《さいな》まれた。

健吉のことも、もともとは、同業でもあり、遠い縁つづきにも当るので時たま丸庄の店にやってくるため、当然、口を利き合う仲になっただけのことである。

伝兵衛とは比べものにならぬ優しい美しい男だと思ったが、初めから淫《みだ》らな心を抱いた訳ではない。

それが、伝兵衛に嫉妬をやかれ、

——怪しいぞ、

——抱かれただろう、
と、しちくどく責められる中に、いつの間にか健吉への恋心に変っていった。

ふた月ほど前に、仲見世《なかみせ》で健吉に会い、誘われるままに田原町《たわらまち》三丁目の水茶屋に上り、初めて肌を許した。

それから、何度か逢曳《あいび》きをし、今では片時も、忘れられぬ男になってしまっている。

出来れば伝兵衛と別れて、健吉と一緒になりたい。

が、そんなことを伝兵衛が許す筈《はず》がない。その位なら二人とも殺してしまうかも知れぬ。

——健吉さんに万一のことがあっては、

と、おさとは、何と責められても二人の関係は白状しなかったのだ。

伝兵衛はさんざんに苛めつけたおさとが、もう逃げ廻る気力もなくして、ぐったりと倒れてしまったのを見ると、じっとその乱れた姿態に目を据えていたが、突然、表情を変え、おさとの上に覆いかぶさっていった。

こうした過程をとった時に、この異常な男の欲望は最も強く亢進《こうしん》するらしい。

荒々しい行為で充分に満足してしまうと、仰向けになり、物凄《ものすご》いいびきをかき出す。

おさとは、眠れなかった。

醜いガマのような伝兵衛の顔が、いやでも眼《め》につく。

灯《あか》りを消しても、このガマ面《づら》が、眼の前に大きく浮かんでいる。

——何と云うひとだろう、

嫌悪と憎しみの情が、胸一杯に拡《ひろ》がった。

優しい健吉の顔が、頭の中のどこかで微笑する。こんな男とではなく、あのひとと一緒に暮らせたらどんなに愉《たの》しいだろう。

——このひとが死んでくれたら、

ふっと、そんな考えが浮かんだ。

――そうだ、このいやらしい男が死んでくれれば、次男坊であるあの人を、婿に迎えてこの店をやってゆくことだってできる。

そうなったら、どんなに素晴らしい毎日が送れることだろう。

――この男が死んだら、

それを何遍もくり返して考えている中に、ふいっと、そいつは、

――この男を殺してしまったら、

と云う内容に変っていた。それに気がついて、おさとはびっくりした。

――まさか、そんなことを。殺す――なんて、そんなこと。

からだが少し震えたほど、その考えは怖《おそ》ろしいものに思われた。二度とそんなことは考えまいとした。

だが、一晩中、一睡も出来ずに考えつづけている中に、

――この人を殺したら、

と云う想念が、何度も繰返し頭の中に現われてきて、恐怖は次第に消えてしまった。

その代りに、伝兵衛を殺してしまった後の、愉しい日常が色々に空想された。

──このままでは、私は苛め殺されてしまう。もしかしたら、健吉さんも、この気違いみたいな男に殺されるかも知れない。殺されるぐらいなら殺してしまった方がいい、

と云う説得が、自分自身に対して、強く行われていた。

──私が殺《や》ったとは分らないようにして、この男を殺すのにはどうしたらいいだろう。

闇《やみ》の中でめぐらす空想は、次第にその内容をこまかくしてゆく。

何かの事故に見せかけて殺すか。

毒をのませるか。

人に頼んで殺して貰うか。

どれも、実際にやってみるとなると、ひどくむつかしい。

──そうだ、健吉さんに相談してみよう。あのひとだって、それよりほかに二人が一緒になる方法はないと云うことは分ってくれるだろう。あの人は男だ、何とかうまい方法を考えてくれるかも知れない。

ようやく、そう心を決めた時には、寝室の天井に白い暁の色が忍び込んでいた。

二

角屋万兵衛《かどやまんべえ》の次男坊の健吉は色男だった。

若い娘は、通りかかる健吉をみると、袖《そで》を引き合って、

——ちょっと、美《い》い男ね、

と云い合ったし、年増は目もとを少しとろんとさせて、唇のすみを動かして、胸のあたりをきゅーんとさせた。

女出入りが、かなりはげしかったことは当然である。

だが、このところは、二人しかいない。

その一人が、おさとである。

おさとには珍しく、少し惚れていた。

一つ年上の美しい女、それも亭主に苛められて、いつも哀《かな》し気《げ》な瞳《ひとみ》をしていたのだから、若い色男には最も魅力的だったのだ。

初めて会った時から目をつけていたが、二月前に、とうとう手に入れた。肉体的にも充分満足した。

残念ながら、それ以来、ほんの時たましか抱くことができない。その為に、おさ

とに対する思いは、実際以上に誇張されて感じられていた。

——おれはあの女に惚れている、
と思うのも、愉しいことだった。

おさとに時たましか会えない不満は、もう一人の女によって満たした。

これはおちよと云う。北馬道町の料亭よね菊につとめている女である。年は四つ下の、ちょうど十九歳。

可愛《かわい》い顔立ちはしているが、勝気な、鋭い気性の娘であった。

おさととおちよと、両手に花で、やに下っている訳だが、どっちをとるかと云えば、むろん、おさとのほうだったろう。おちよはただの玩具《おもちゃ》としか考えていない。

おさとについての困った問題は、云うまでもなく、異常に嫉妬深い亭主の存在だ。たまの逢曳きにも、おさとは、

——もう、帰らなければ、
と、すぐにそわそわと、帰りの時刻を心配する。

——あのくされ亭主。

健吉は伝兵衛を憎んだ。

自分の方がその妻を盗みながら、伝兵衛を当然のことのように憎んだのは、おさ

とから伝兵衛の異常さを訴えられていたからだ。

おさとの白い肌に残るいたいたしい傷跡をみると、同情するよりも腹が立った。

「そんな奴のところにいつ迄もいることはない。飛び出してしまうがいい」

何度か、そう云った。

だが、もしおさとが伝兵衛の家を飛び出して健吉の胸に飛び込んできたら、忽《たちま》ち途方に暮れただろう。次男坊の身には、何一つ、財産らしいものはない。親も兄も、人妻との情事を認めてくれる筈はないのだ。

——伝兵衛が離縁を認めはしない、

と云う確信が心の底にあったから、

——飛び出してしまうがいい、

などと、無責任な放言ができたのだ。

おさとから、

——もうどうしても伝兵衛と一緒にはいられない。何とかして、

と相談をもちかけられると、少し慌てた。

「だって、おさとさん、伝兵衛さんは、お前さんを手離しはしないだろう。ずいぶん惚れ込んでいるらしいからね」

多少ひやかしをこめてそう云ったが、おさとの表情はきびしかった。

「だからあなたに相談しているの、伝兵衛と別れるのは一つの方法しかないわ」

「どうすればいいのだね」

「伝兵衛に、死んで貰う――」

「えっ」

「ほかに二人が一緒になる方法はないの、ね、そうでしょう」

健吉は、ぞくりと全身を冷たくした。

優しい顔をしたおさとが、そんな大胆なことを口にしようとは考えもしていなかったことだった。

「このままじゃ、私は伝兵衛に苛め殺されてしまう」

「まさか」

「いいえ、必ず殺されてしまう。それにあなたも殺される」

「私が――伝兵衛さんに？」

「そう。あのひとがどんなに執念深い男だかあなたは知らないでしょう。伝兵衛は自分の思い込んだことは必ずやりとげる男。あなたと私との間について、はっきりした証拠を摑《つか》んだらきっと私もあなたも殺します」

健吉には、答えができなかった。

「殺される前に、殺すよりほかないでしょう」

「そ、そうだ、そうだが——」

健吉は口ごもった。

「伝兵衛が死んでしまえば、私は丸庄の女主人になります。一周忌まで待って、あなたを婿に迎えることができるでしょう。女手一つで店をやってゆくのはむつかしいからと云って」

——あ、そうだったのか。

しばらくは恐怖で一杯だった健吉の胸に明るい光が、さっと差し込んだ。

今のままでは、いつまでたっても、親の、そして兄の厄介者である。女にはもてても、晴れて女房を迎えられるのは、いつのことか見当もつかない。

養子の口でもあればよいが、それも、どんな娘にぶつかるか分らないのだ。おさとほどの女を女房にして、丸庄ほどの身代を自分のものにするような好運は、恐らく二度とやってこないだろう。

——伝兵衛さえいなければ、

健吉は新しく展《ひら》けた未来に、少し酔払ったようになった。

——他《ほか》ならぬおさとが、それを望んでいるのだ。おれから云い出したのじゃない、と云う自己弁護の下に、

——伝兵衛を亡き者にする、

と云うことが、生き生きとした現実性を持ち始めてきた。

「ねえ、健吉さん、何かうまい方法を考えて下さいな。私も出来ることなら何でもします」

「うむ、うむ、考えてみる、何とか」

健吉は約束した。はっきりした自信はなかったが、なんとかうまい方法がありそうな気がした。

抱擁はいつもより長く、はげしかった。

予想される犯罪の共犯者としての意識がそうさせたのだろう。

おさとと別れて、ぐったりと疲労したからだをひきずるように材木町《ざいもくちょう》までやってきた時、おちよに呼びとめられた。

「どうしたの、健吉さん。何度も呼んでるのに知らん顔して」

「気がつかなかったんだ。御免よ」

「何だか変だわ、考え込んでるみたいで」

「なに、何も、考えてやしないさ」

「うそ、おさとさんとかのことでも考えてたんでしょう。聞きましたよ」

「ばかな、何を云う。おさとさんは他人《ひと》のおかみさんじゃないか」

「他人《ひと》のおかみさんだから、なおいいんじゃないの、あなたには」

「よしてくれ、人聞きの悪いこと」

「健吉さん、よくって。おさとさんだか誰だか知らないけど、もし私をほかの女に見替えたりしたら、ただじゃおきませんよ」

「何を云い出すんだ、おちよ」

「私を棄《す》てたりしたら、あんたも、その女も、生かしちゃおかないから」

「変な脅しは云わないでくれ」

「脅しじゃない、本当のことよ」

「怖い女だな、お前は」

「今わかったの。私、思い込んだら、何でもする女よ」

双の眸が、狐《きつね》のそれのように光っていた。

——何だか、今日は、やけに殺す話ばかり出たな。

おちよと別れて家に戻りながら、健吉は、薄気味悪い思いをしたが、少し落着いてみると、おさととの約束が重苦しく胸の底に沈んでいた。

――伝兵衛を殺す、

――どのようにして、

――ばれないように殺せるか、

――このおれが、本当に人を殺せるか、
躊躇《ちゅうちょ》と恐怖と疑惑と混迷とが、かわるがわるに襲ってきた。

――だめだ。とても、おれにはできない。

翌日、橋場町まで掛取りにいった健吉は、たそがれの色濃い大川端を、銭座《ぜにざ》の方に向って急いで歩きながら、何十度となく繰返した結論を、またしても頭の中で云ってみた。

あたりは薄暗く、人通りは殆《ほとん》どない。

少し前を、中年らしい小肥《こぶと》りの男が、ゆっくりと歩いているだけである。

その男を追い越そうとして、ふいとその横顔に目をやった健吉が、

――あっ、
と、喉《のど》の奥で声を出し、思わず足をゆるめた。

その気配に対手《あいて》の男も、健吉の方をふり向いた。

「健吉じゃないか」

「で、伝兵衛さん」

二人は同時に足をとめて、向き合った。

今の今、この男のことを考えていたばかりなので、健吉は少し震え声になった。

その異様におびえた様な態度が、伝兵衛を刺激したらしい。伝兵衛が、いきなり、乱暴な口調で叩《たた》きつけてきた。

「健吉、いいところで会った。お前さんに云っておきたかったことがある」

「な、なんです。伝兵衛さん」

「おさとにつきまとうな。分ったか」

「私は。なにも――」

「白ばくれるな、おさとは白状したのだ。お前がうるさくつきまとって困るとな。色男づらをするなら、茶店のいたずら女か鼻たれの子守女《こもりおんな》でも対手にやれ。おれの女房に手を出すと、ただじゃおかないぞ」

健吉も若い。かさにかかった言葉を頭ごなしに浴せかけられると、カッと血を上せた。

「伝兵衛さん、口が過ぎやしないか」

「なに、若僧、このおれに抗《さから》うつもりか」

「私は、あんたに何の恩も受けちゃいない。大きな口は利かないでくれ」

「こいつ、ひとの女房に手を出しやがって、よくも、そんな口が利けるな、思い知らせてやろうか、青二才め」

伝兵衛が、健吉の頬をぶん殴った。

「何をするッ」

健吉も、伝兵衛を突きとばした。

この瞬間、憎悪が二人の理性をはね飛ばしてしまったらしい。二人はとっくみ合い、殴り合い、蹴《け》り合った。

力は伝兵衛の方があった。

だが、健吉には若さがあった。

初めの中はほとんどやられっ放しであった健吉がもり返して、伝兵衛を追いつめた。

伝兵衛が背にしていた材木の列が、音を立てて崩れ落ちてきた。

——ああっ、
と云う伝兵衛の悲鳴を聞きながら、健吉は河岸をよろめき走り、勢い余って水の中に躍り込んだ。

三

「旦那《だんな》、遅いな」

丸庄の店で、陽《ひ》が落ちても戻ってこない伝兵衛のことを、番頭や丁稚《でっち》たちが不審に思っている時、町内の一人が大声をあげて走り込んできた。

「丸庄さん、大変だ。旦那が戸板に乗せられて担いで来られますよ」

「ええっ」

店にいたものが総立ちになった。

「おい、おかみさんに報《しら》せろ」

番頭の久助《きゅうすけ》がそう云って外に走り出た。

四人の男が戸板を担いでくる。傍らに医師の周庵《しゅうあん》がつき添っていた。

「周庵先生、どうしたんで」

「静かに、静かに」

「だ、旦那は、な、なくなったんで？」

「いや、命は大丈夫。ただひどく両足の骨をやられている」

おさとが飛び出してきた。

「あ、おかみさん、すぐ床をとって。心配いらぬ、内臓の方は無事じゃ」

奥の部屋に担ぎ込んで、床に寝かせた。

伝兵衛は一言も発せず、眼を閉じたままだった。時々、苦し気に眉《まゆ》をよせる。

「先生、一体、何があったのでございます？」

おさとが聞いた。

「わしにもよく分りませんのじゃ、大川ぷちを歩いていたら、道一杯に大きな材木が倒れていて、その下に伝兵衛さんが気を失って突伏《つっぷ》していた。人を呼んで助け出し、とりあえず拙宅へ連れ込んで、からだを調べてみますとな、両足の骨をやられているらしい。ま、できるだけの手当はしましたが、この通りじゃから、すぐには起きられますまい」

病人の裾をまくると、左右の脚の太股《ふともも》まで、ぐるぐる巻きに包帯がしてある。

「幸いに上半身に異常はないが、痛みはひどいじゃろう」

「あの、いつ頃、起きられましょうか」

「さ、それは分りませんわい。早ければ半月、悪くすれば半歳《はんとし》、いやもしかすると、一生、歩くことはできぬかも知れませんな」

明日、また伺いますと云って周庵は帰っていった。

おさとはしばらく茫然《ぼうぜん》として、伝兵衛の顔を見詰めていた。

戸板の上の伝兵衛を見た瞬間、

――死んだ、

と、直感した。つづいて、

――健吉さんが、殺《や》ったのだ、

と思い、かすかな悦《よろこ》びと大きな恐怖を感じた。悦びが思ったほど大きくなかったのは、何と云っても、罪の意識が強かったからであろう。

だが、周庵から、命は大丈夫と聞くと、反動的に大きな落胆が襲ってきた。

――このひとは死ななかった。悪くすると起きられないままになるかも知れない、

ぞっと悪寒《おかん》が背筋を走る。

半身不随で寝ている良人《おっと》と離縁することは、絶対に不可能だろう。一生、この憎たらしい病人につき添って生きてゆかなければならないのだろうか。

伝兵衛の顔をみている中に、むらむらと、はげしい殺意が燃え上ってきた。

――今なら、すぐにでも殺せる、

だが、自分の仕事だと、すぐに分ってしまう。

不意に、伝兵衛が眼を開いた。

薄気味悪い眼で、じっとおさとを見詰めていたが、唇を歪《ゆが》めて云い出した。

「いい気味だと思っているのだろう」

「何故《なぜ》そんないやなことをおっしゃるのです」

「おれがどうしてこんな目に遭ったか、云ってやろう。材木が自然に倒れてきたんじゃない。健吉の奴が、材木をおれの上におし倒したんだ」

「えっ、健吉さんが！」

「そうだ、あいつ、おれを殺そうとしやがった。おれが倒れたのを見て、死んだと思って逃げたのだ」

「健吉さんと、どうしてそんなことに？」

「ふん、知らんふりをするな。あいつはお前と一緒になりたくて、おれを殺そうとしたのだ。お前とも相談の上だろう。おれが死ねば、お前は丸庄の店を嗣《つ》ぐ、そこであいつを亭主にするつもりだったのだろう」

正しく図星である。おさとは、どきりとし、言葉を出す力を喪《うしな》っていた。

「明日、久助に云って、お役所に届出させる。健吉の奴は牢屋《ろうや》入りだな」

伝兵衛は少しからだを動かそうとしたが、はげしく顔をゆがめた。

「痛い、てっ、どうにもならないな、少しでも足を動かすと、からだ中、錐《きり》をもみ立てられるような痛みがつっ走る。畜生、おれをこんな目に遭わせやがって、あの野郎、思い知らせてやる、お前の大事な色男は、島送りにでもなるだろう。ふふ、がっかりしたろうな。いや、おれが死ななかったことに、もっとがっかりしているかも知れないな」

おさとは伝兵衛を睨みつけていた。もうあらわな憎悪をかくそうとはしていない。それほどこの男が憎らしくもあったし、どんな表情をみせても、対手はいつものような暴力を揮《ふる》うことは出来ないのだという安心感もあったのだ。

「おれは寝ていても、お前を監視しつづける。おれの眼を盗んで、またほかの若い男と浮気しようと思ってもだめだぞ。一生、この寝たままの男にしばりつけておく」

そんな不自由な身になったのを哀しむよりも、そのことでおさとを苛めてやれるのが嬉《うれ》しいような奇妙な口調だった。

「半月もしたら癒《なお》るかも知れないと、先生はおっしゃったでしょう」

おさとは、機械的に反駁《はんばく》した。

「よくいったらのことだ。悪くすると一生歩けないと云っただろう」

——どうでもいい、こんな男、

おさとの心は、もう一人の男の方に集中していった。殺人未遂の罪で捕えられるであろう健吉のことに。

——健吉さんが、もし、私とこの男を殺すことを相談し合ったと、お役所で申立てたらどうなるだろう。私も捕えられて、牢に入れられるだろうか、

——まさか、健吉さんが、そんなことを申立てる筈はない、私をかばって何も云わないでいてくれるに決っている、

——いや、分らない。男ってものはいざとなると薄情だから、少しでも自分の罪を軽くするためなら、何もかも云ってしまうかも知れない。

健吉自身の運命よりも、自分のことをより多く心配している自分の薄情さについては、気がついていなかった。

「ふふ、すっかり考え込んでしまったな、あの青二才のことが、そんなに心配か。諦《あきら》めることだな。あいつには心配してくれる女がほかに沢山いるさ」

皮肉と嘲罵《ちょうば》とを、つぎつぎに投げかけていた伝兵衛が、しゃべり疲れたのか、眠ってしまった。

翌朝、伝兵衛は久助を奉行所に走らせた。

ひる頃、周庵がやってきて、手当をした上、何やらボソボソ話していった。

夕刻、店の者が、

——お役人が角屋に行ったが、健吉は昨日から家に戻らず、行方不明だそうな、

と云う情報をもたらせてきた。

——うまく逃げてくれればいいが、

とおさとが念じたのは、それが自分の安全にもつながるからである。

「健吉の奴、ドブ鼠《ねずみ》のように逃げ廻っているらしいな、どっちみち、捕るさ、ばかな野郎だ」

伝兵衛は、いかにも愉しそうに云ったが、調子にのってからだを少し動かした途端、

「いたッ！」

と、悲鳴をあげた。

「おかみさん、おかねさんが来ています」

丁稚が報せてきたのはその時である。

おかねと云うのは、丸庄の家に出入りして、針仕事一切を引き受けている中年女である。おさとは針仕事が全くできないので、何もかもおかねに頼みこんでいた。

そのおかねが、この頃、おさとにとって重要な人間になっていたのは、健吉との連絡がすべて、この女の手を通じて行われていたからである。

——健吉さんから何かあったかしら、

おさとはいそいで勝手口に走った。

「おかみさん、まあ、旦那さまが大変な目にお遭いなすったそうで」

おかねは大きな声で一応の挨拶《あいさつ》をしながら、おさとの手に小さく畳んだ紙片をすべり込ませた。

持ってきた縫物について、二、三の会話を交わした上、おかねが帰っていってしまうと、おさとは厠《かわや》にはいって、手渡された紙片を開いてみた。

健吉の文字で、走り書きがしてある。

——今夜、亥《い》の刻（午後十時）、伝法院《でんぽういん》裏門前で待つ、委細、その節。——

夜、脱け出すことはむつかしい。だが、どうしても健吉には会わなければならない。

おさとは、夜食の時、伝兵衛に酒をすすめた。眠り込んだのを見届けて、そっと裏木戸から、外に出た。

四

伝法院裏門の筋向いの角にある細工師の家の伜《せがれ》が、箒《ほうき》を片手に、朝早く表戸を開けて外に出た途端、大きな天水桶《てんすいおけ》に半ば上半身をのめり込ませるように凭《もた》せかけている女の姿を見つけて呆気《あっけ》にとられた。

宿酔《ふつかよい》の女が、天水桶の水を飲もうとしているとしか思われない。ボウフラの浮いているような水を飲んだりしたら、ひどい目に遭うだろう。

「もし、おかみさん」

と、近付いて腕を摑もうとして、

——ぎょっ、

と、からだをすくめた。

女の足許《あしもと》の地面が赤く血に染っている。

血は脇《わき》の下から、衣裳《いしょう》をすっかり汚して下に流れていた。

「ひ、人殺し——」

伜が大声に叫んだので、おやじが寝衣姿のまま飛び出してきた。

「どうした、驚かすない」

と云ったが、女の、明らかに死んでいる姿を認めると、

「こりゃ、大変だ、みんな起きてくれ」

二人の叫び声に愕《おどろ》いて出てきた四、五人の中の一人が、薄気味悪そうに天水桶を廻ったが、角の向う側にふっと目をやって、

「あ、あそこにも、斃《たお》れている！」

と、叫んだ。

これは若い男で、うつ向きに倒れていたが、左の脇腹に短刀をつきさしていた。

「何だ、こりゃ、無理心中かい」

「縁起でもねえ、朝っぱらから」

「おい、誰か、源蔵《げんぞう》親分のところに報《しら》せてこい」

報せを受けた時、源蔵は、井戸端で楊子《ようじ》をつかっていた。

「殺しか、すぐ行く。おい、おちか、安次と亀八とに報せてやってくれ。伝法院裏門の前にくるようにってな」

手早く身支度をととのえて、現場に急行する。

誰かが死体にむしろをかけていた。

それをめくって、二つの死体を鄭寧《ていねい》に検《しら》べた源蔵は、人々に手伝わせて、死体を

とりあえず近くの自身番に運ばせた。

「誰か、仏の名を知ってるかい」

と、集っていた人々に問いかけると、

「男の方は、角屋の健吉さんですよ」

「なにっ、健吉？　そりゃ、昨日からお尋ね中の者だ、丸庄の主人を殺そうとして大怪我《おおけが》をさせて逃亡したと云ってね」

「女の方は、その丸庄のおかみさんじゃありませんかい。大層な美《い》い女だって聞いていますよ」

二人の身許《みもと》はすぐに割れた。

角屋から健吉の兄と云うのがすぐに飛んできて、間違いなく弟だと証言した。

丸庄の方は、報せを受けた伝兵衛が、姿の見えぬおさとを気違いのようになって、探させていたところだった。

「おさとが殺された！　畜生、健吉の野郎が無理心中したのだ、くそッ、おれを連れてゆけ、そこにつれてゆけッ」

と呶号《どごう》して身もだえする伝兵衛を、どうやら押えて、番頭の久助がやってきたが、死体をみるなり、

「おかみさん！」

と、その場にへたばり込んだ。

亀八が慌ててやってきたが、

「ここはいい。すぐに速水《はやみ》の旦那に報せてくれ」

と云われ、八丁堀《はっちょうぼり》に向って走る。つづいてやってきた安次に、源蔵は、

「健吉の行方を探ってみてくれ」

と命じておいて、自分は丸庄に赴いた。

寝床の上で、癇癪《かんしゃく》を起こしてどなり廻している伝兵衛に会うと、一応のくやみを述べた後で、

「おかみさんと健吉のことで、御存知のことを聞かしておくんなさい」

伝兵衛は唾《つば》を飛ばしてしゃべった。

「もしかしたらと思っていたが、やっぱり二人は出来ていたんだ。だから健吉の奴はわたしを殺そうとしたに違いない。おさとは、さすがに怖くなって健吉から離れようとしたので、健吉はやけになっておさとを呼び出し道連れに、無理心中をやらかしたのだ」

「ゆうべ、おかみさんが出てゆくのには気がつかなかったんですかい」

「ゆうべはおさとがむやみに酒をすすめるので、つい飲み過ぎてぐっすり寝込んでしまった。尤《もっと》も、起きていたってこのからだだ。おさとがどうしても出て行く気になったら、止めることはできなかったろうねえ」

「なるほど、よく分りました。いずれお報せして、おかみさんの亡骸《なきがら》はお引き取り頂くようにしましょう」

死体の安置してある自身番に戻ってくると、安次が若い娘をしょっぴいてきて訊《じん》問《もん》していた。

「安次、この女は何だ」

「へえ、北馬道町のよね菊で働いているおちよって云う娘で。健吉とは深い仲だったとか、角屋の店の者に聞いてすぐに知れました」

「何を聞いているのだ」

「なに、この娘、健吉にべた惚れで、丸庄のおかみさんのことをひどく嫉《や》妬いていたって聞きましたんでね。もしかしたら、こいつが丸庄のおかみさんを殺った上、裏切った憎い男の健吉まで殺ったのじゃねえかと」

娘は美しいが険のある顔をしていた。恐ろしく気の強い性質《たち》らしい。源蔵に喰《く》ってかかった。

「もし、親分さん、あたしはこのおかみさんなら殺してやりたかった。亭主のある身で健さんをたぶらかして、私との間を引きさこうとしていたんですからね、このひとが殺されたって当り前ですよ。でも健さんは、私の命だ、誰が殺したりするものですか、健さんが人殺しと分ったって、私は健さんと一緒にどこまでも逃げますよ。健さんを殺したのはこの女だ、この女が私の大事な健さんと無理心中しようとしたんですよ。健さんを返しておくれ、健さんを」

「ま、少し落着け」

源蔵がおちよの肩に手を置いた時、亀八が走り込んできた。

「親分、いけねえ。速水の旦那は、急の御用で昨日の朝、八王子《はちおうじ》に行っちまったとかで、嗅《か》ぎっ鼻《ぱな》の親分がやってきますぜ」

「そうか、じゃ、おれは手を引くよりほかないが、一応、大来の親分に、今まで調べたことだけお話しておこう」

「そんな必要ねえでしょう、大来旦那は勝手に自慢の嗅ぎっ鼻でかぎ出しゃいい」

「そうはゆかねえ」

岡《おか》っ引《ぴき》の長吉以下四人の部下を率いてやってきた同心《どうしん》大来団次郎の姿を見ると、源蔵は丁寧に頭を下げた。

「大来さま、御苦労さまでございます、手前が最初に報せを受けましたので、一通りは調べておきました」

それまでに分ったことを仔細《しさい》に報告した。

「今までのところでは、健吉がおさとを道連れに無理心中をやったと云う見方と、あそこにいるおちよが二人をやったのかも知れぬと云う見方とができますが、どうも、どちらも、私には納得出来ません」

「なぜだ」

「おちよが、いくら気が強いからって、二人まで殺せるとは思えませんし、第一、おちよは健吉にべた惚れ、殺したりする筈はないと思いますよ」

「それは分らん、可愛《かわい》さ余って憎さ百倍と云うこともある。それに女だとて、あとからつけてきてまず女を殺し、後から現われた男の不意を狙《ねら》って刺せば、男も殺すことぐらいできる」

「そうでしょうかねえ」

「無理心中が納得できぬと云うのは、どう云う訳だ」

「へえ、健吉がおさとを殺したかも知れぬとは考えられますが、その後で後を追って自害したとは考えられませんよ。何故《なぜ》って、健吉の傷は、左の脇腹です。自害するなら、胸を刺すか、喉を刺すか、まかり間違っても右の脇腹を刺す筈、健吉は左利きじゃなかったかと聞いてみましたが、そんな様子もなし、わざわざ自分の左の脇腹を刺して死ぬ奴もないでしょう」

「とすると、誰か他の者が、健吉を殺したことになる、それは、おちよ――よりほかになさそうだな。わしはこう思う。健吉はおさとを殺した。そして自害しようとした時、後をつけてきていたおちよが飛び出して止めようとして争ううらに、おちよが過《あやま》って健吉の脇腹を刺してしまった。こんなところじゃないかな。あの娘を少し痛めつければ、じきに吐くさ」

団次郎は得意そうに、鼻をうごめかした。

五

江戸っ子は朝湯が好きだ。ことに浅草っ子には、毎朝の銭湯通いを欠かさないことを自慢にしているのが多い。

おちかの経営している「やぶの湯」も、朝から客がかなりはいっていた。尤も、殆どは男、それも年配の者で、若い男や女は少い。

入浴場の裏手は釜焚《かまた》き場。薄暗い土間である。三助の芳蔵《よしぞう》がどんどん薪《まき》をくべている。

源蔵はその土間の一隅にある板敷の上に腰を据えて、たばこをくゆらしていた。いつものことだ。

何か事件が起きて町中を飛び歩いている時と、来客中以外は、大抵、そこに坐っている。

そこに坐っていると、入浴中の者たちがとり交わす会話が、すっかり耳にはいってくる。思わぬ特だねや、手掛りをつかむことが少くないのである。

今この時、浴槽の中での噂話《うわさばなし》には、当然、伝法院裏門前の無理心中事件が出ていた。

「丸庄のおかみさんは、こう云っちゃ何だがあの醜男《ぶおとこ》の旦那にゃ勿体ねえ美い女だったから、いずれ何か起こるんじゃねえかと思っていたんだが、殺されるとはなあ」

「本当に健吉ってのが殺《や》ったのかい」

「お上《かみ》じゃ健吉の色女だったおちよに目をつけて、おちよが二人を殺したんじゃねえかって、おちよをしょっぴいて痛めつけているって話だが、十八や十九の小娘に、男女二人を殺れるものかねえ」

「おれもそう思う。殺ったのは健吉さ、殺っておいて、自害したのさ」

「いや、おれは健吉って男を知っている。あいつは女を瞞《だま》すことはうめえが、女の為《ため》に自害する様な奴じゃねえ。女が無理心中を迫ってきたら一目散に逃げ出す奴よ」

「どっちにしても一番引き合わねえくじをひいたのは丸庄の旦那さ、惚れ込んだ女房は殺される、自分は健吉の為に片輪にされる。店の評判は落ちる。さんざんだね」

「丸庄には周庵先生が毎日通ってるって話だが、伝兵衛さん本当に片輪になっちまったのかい」

「うん、悪くすると一生、寝たきりかも知れねえとさ」

たばこをくゆらしながら耳を傾けていた源蔵がふいと立上った。

「芳蔵、出かけてくるよ」

と声をかけておいて、外に出ると急いで行った先は田原町の周庵の宅である。

表戸のところで声をかけたが返事がない。

――留守らしいな、

改めて来ようと立去りかけた時、にやにやとお世辞笑いをしながら近づいた中年婆《ばば》がいる。

「親分さん、先生はお留守ですかい」

「らしいな」

「へえ、折角いい話を持ってきたのに」

中年婆はおときと云う。近くの蛇骨長屋の住人、女についてのよろず仲介業を仕事にしているしぶとい婆である。

「何だい、おとき、そのいい話ってのは」

「えへっへ、それがねえ」

源蔵はふところを探って、小銭を少々、婆の掌《てのひら》にのせてやった。この婆から情報をとるには、いつもこれが一番手っとり早い。

「なにね、大したことじゃありませんがね、周庵先生が内緒で、若い妾《めかけ》を世話してくれと云うので、心当りを当ってみて、ちょうどいいのが見つかりましたんでねえ」

「周庵さん、いくら出すと云うのだ」

「へえ、月に三両、支度金が五両――私には二両」

「ほう、周庵さんなかなか景気がいいらしいな、いつ頼まれたのだ、それは」

「つい昨日のことですよ。善はいそげ、早い方がいいと思って、すぐに話をつけてきたんですが、お留守じゃ仕様がない。出直してくることにしましょう。大したねたでなくて済みません、親分さん」

源蔵はその足で花川戸に向い、丸庄の近所の何軒かの店で世間話をして時間をつぶした。尤もその間、絶えず丸庄の店の方をそれとなく見張っている。

昼少し前に、周庵が丸庄の店にはいっていった。出てきたのは半刻《はんとき》ほど経《た》ってからである。源蔵はすぐそのあとをつけた。

周庵が自宅にはいろうとした時、つかつかと近寄って行った。

「周庵先生、いい日よりだね」

「あ、親分、お仕事ですかな」

「なに、先生にちょいと聞きたいことがあってね」

「わしに？」

「ま、中にはいらせて貰いますよ」

周庵の肩を押すようにして座敷に上り、向い合せに坐ると、

「丸庄さんへ行きなすったのかね」

「いや、その、あの近くの病人の家に」

「かくすことはねえ、丸庄から出てくるのを見てつけてきたんだ」

「えっ、何だってそんな事を」

「ちょいと懐中物を見せて貰いたい。今、丸庄で貰って礼金がはいっているんだろう」

「何もそんな。いくら親分だって、いきなり人に懐中物をみせろなんて——いくら貰おうとそんなこと」

「なあに、丸庄でにせ金を使ってるって聞いたんでね」

「な、なに、に、にせ金！」

周庵が慌てて懐中物をとり出した。中から一両小判が八枚。源蔵はそれを一枚ずつ数えて、にやっと笑った。

「心配ねえ、これは皆、本物だ」

「やれやれ、愕かされた」

「だが周庵さん、これが本物となると少々むつかしいことになる」

「えっ」

「毎日かわらねえ一応の手当しかしていねえ筈だ、八両なんて云う大金を受取るのは、おかしいな」

「そ、それは——」

「おい、この源蔵をなめちゃいけねえ。伝兵衛の骨折はうそなんだろう。それを承知の上で、片輪になるかも知れぬと云い触らし、その謝礼にこの金を捲上《まきあ》げた。これからもそれをたねにしぼり上げるつもりだろう。でなけりゃ月三両の妾を抱えることはむつかしかろうぜ。何ならこれからお前さんと、聖天町の玄庵《げんあん》先生とを連れて丸庄に行き、伝兵衛の包帯を外して、玄庵先生に診立《みた》て直して貰おうか」

外科専門の杉井玄庵は浅草一帯の名医として知られている。

「お、親分、待ってくれ、頼む。これは内聞にして――実は、先おとといの夜、伝兵衛さんがひどい恰好《かっこう》でやってきて、今、大川端で角屋の健吉と喧嘩をして、あいつに押しつけられた時材木が崩れて下敷になった。あいつは逃げたが、私はようやく這《は》い出してきた。幸い大した怪我もしていないが、大怪我をして片輪になるかも知れぬことにしてくれ。そうすれば健吉の奴はお召捕りになる。あいつはおれの女房を狙っているのだ。あいつを牢に入れて江戸お構いにでもしてしまいたい。それまでおれは半身不随ってことで寝ていてもいい――と、こう云うんで」

「それで何両、脅しとった」

「最初の五両は、脅した訳じゃない。伝兵衛さんの方から呉《く》れたんで、この八両は――健吉とおさとさんとが殺された事を聞いて、こりゃ、伝兵衛が殺ったんじゃないかと、昨日、遠廻しにカマをかけたら、慌ててまた三両出したので、もう少ししぼれそうだと、今日出かけて行き、この八両を――」

「ふん、これからも、ちょくちょく、捲上げるつもりだったんだな」

「面目次第もない。親分」

「よし、追ってお呼出しがあるだろう。逃げようなんて了見出すな。正直に白状したのだ、お上の寛大な御処置を願ってやるよ」

源蔵は、丸庄の店に引き返した。

「旦那に会いたいのだが」

「親分、旦那は、まだ寝たきりですが」

「その寝たきりの旦那に会いたいんだ」

「ちょっとお待ちなすって――」

「いや、取次はいい。あっしが行く」

ずかずかと、伝兵衛の寝ている部屋にはいっていった。

「旦那、いや、伝兵衛さん、御容体はどうですかね」

敷居際に突立ったままそう云った源蔵を見上げた伝兵衛は、むっとした顔で、

「何だい、源蔵さん、その態度は」

「ちょっと来て貰いたい」

「冗談じゃない、この足だ。動けやしないことぐらい分るだろう」

「そうですかね。ちょっと拝見」

掛けぶとんを捲《めく》り、仰々しく包帯をしている足を思い切り蹴り飛ばした。

「あっ、痛っ、何をするっ、源蔵」

伝兵衛が思わず顔中まっかにして、床の上に躍り上った。

「それ見なせえ、立てるじゃねえか。芝居はおしまいにしてくれ。周庵がすっかり吐いちまいましたぜ。お前さんの足はどうもありやしねえ。おさとが夜中にそっと出てゆくのを見て後をつけて行って、おさとを殺し、後から来た健吉も殺ったんだろう」

「ちっ、畜生！」

一切が片付いて家に戻った時、おちかが、

「大来の旦那が口惜しがってるだろうね。お前さん、よく伝兵衛さんの骨折をにせものと分ったねえ」

「なあに、お前のやってる銭湯の客が教えてくれたのだ。云ってみればお前の手柄みたいなものさ」

風車の浜吉捕物綴

風車は廻る

伊藤桂一

（一九一七・八〜）三重県生れ。立正中学から世田谷中学に進んだが、学校教練の点数が悪く、学費も続かなかったので上級学校進学をあきらめ、商社などに勤めるかたわら詩作にふけった。昭和一三年現役入隊。二十代のほとんどを中国の黄土の中に一兵士として過す。戦後は、ながく出版社に勤めながら各種の懸賞小説に応募し、芥川賞、直木賞候補数回の後、昭和三六年、「蛍の河」で第四六回直木賞受賞。代表作に「悲しき戦記」「静かなノモンハン」などがある。「風車《かざぐるま》は廻《まわ》る」は「別冊小説新潮」（昭五〇夏季号）に掲載、五三年新潮社から刊行された『病みたる秘剣』に収録。

元御用聞の浜吉《はまきち》が、猩猩《しょうじょう》の銀と落ち合うことになっている、大雲寺前の一本榎《えのき》の近くまで来たとき、そのあたりは、藪《やぶ》と草地の入りまじる一廓《いっかく》だったが、ふいに、激しい羽音がして、藪の上へ一羽の雉《きじ》が翔《た》ち、宙に鋭く弧を描いて、また、藪の中に沈んだ。

ここらは、小石川《こいしかわ》お薬園の近くになるが、こんなところに、雉がいるわけは、ない。

（そうか。わかった。闘鶏か）

と、暗く、納得して、浜吉は榎の傍らを過ぎ、茂り合う藪中の道を抜けて行った。すると、その奥が草地になってひらけていて、猩猩の銀のいるのは、すぐ、眼《め》についた。銀は、痩《や》せた（しかし、筋骨のよくしまった）いかつい肩をした、おそろしく鋭い眼をした男である。二十七、八になろう。背が高い。その、高い肩の上に、いま宙を飛んだ褐色の闘鶏（俗に赤笹《あかざさ》といわれる色の軍鶏《しゃも》）をとまらせている。尾羽に深紅色がまじっていて、これは猩猩緋《しょうじょうひ》と呼ばれる色である。銀は、闘鶏師で、この色の鶏《とり》が好きで、死ねばまた飼いして、自身の綽名《あだな》もまた、いつしかに、猩猩

――で通るようになっているのだ。

その、猩猩の銀のほかに、一方に、もうひとり男がいた。これが、銀の弟の、源であろう。これは、小柄で、いかにも敏捷《びんしょう》そうな男である。一見、子供っぽい顔にみえるが、それは、表情のどこかが間が抜けているからである。その間の抜けたところを、冷たい、残忍そうな表情が、埋め合せている。いずれにしろ、いやな男ではある。源もまた、その肩に、黒い闘鶏をのせている。

「よく来たな。来ねえか、と思ったぜ」

といって銀は笑い、笑いながら、歩き出し、浜吉の右へまわってくる。すると、申し合せてあったのだろう、源が、反対の側へ、ゆっくり、まわってくるのである。すでに、闘いがはじまっているのである。はさみうちにして、武器に、闘鶏を使うつもりだろう。

（罠《わな》に陥《お》ちたな）

と、浜吉は、覚悟はしていたし、別にとりみだすでもなく、そう思ったが、この、やくざな兄弟を相手にして（殺《や》られるかもしれない）と、自分に教えることは切なかった。

浜吉は、昨日の夜、お時の家へ行き、お時と逢《あ》って、こういっている。つまり、因果をふくめた、ということである。

「あすの昼過ぎ、銀と、けじめをつけることにしたんだが、夜になってもおれが戻らなかったら、おれのことは、あきらめてくれ。まア、多分、そんなことにはなるまいと思うがね。ただ、念のために、いっておくのだ。これは、少ないが、おれの有金《ありがね》だ」

といって、いままで稼いできた金の一切をつめ込んだ、巾着《きんちゃく》を渡している。

「あんたが死んだら、あたしも生きていないつもりですから、そんなお金は要りません」

と、お時はいった。泣いたり、とめたり、の段階はすでに過ぎているのだから、お時にも、とりみだすところはなかった。それだけに、浜吉もまた、慰めてやりようがなかったのだ。

「まア、そういわないでくれ。いよいよとなれば、葬式代になる」

「どこで、けじめをつけるんですか」

ときくので、まさか、ついてくる気遣いもないし、場所だけは教えておいた。これも、暗い安心をさせるためである。

「今夜は、ここへ、泊ってくれますね。ひと晩、しっかり、つかまっていたいんです」

と、お時はいった。いじらしい心情だし、むろん泊った。泊って、その肌を（しみじみと）抱いた。これでおしまいになるかもしれないのである。しかし、溺《おぼ》れることはしなかった。明日になれば、銀との、死闘が待っていたからである。

ともかく、一応は、心残りのないようにして、浜吉はひとりで出てきたのだが、闘鶏を肩にした銀と源の兄弟にはさまれてみると、これは、考えようによっては、一対四の争いである。

助《すけ》っ人《と》を、頼めばよかった——という思いは、どうしても頭の奥を掠《かす》める。しかし、江戸じゅうをさがしまわっても、勝ち目のない元御用聞に、いのちを賭《か》けてくれる男は、容易にはみつからなかったろう。

浜吉は、ふところの匕首《あいくち》を抜いて身構えた。

すると、源のほうが先に、叱咤《しった》するように「ひゅうっ」と高く鋭く口先を鳴らすと、その刹那《せつな》、源の肩にいた闘鶏が、浜吉を、一撃に、襲ってきたのである。その時になって、浜吉は、はじめて、闘鶏のもつ尋常でない、不気味な戦闘力に、思い知らされることになったのだ。

浜吉が、お時と、どのようにして知り合ったかを、はじめに記しておかなければならない。それは、まことに、のどかな、微笑《ほほえ》ましい、言葉のやりとりが、機縁となっているからである。

小石川伝通院《でんずういん》の境内周辺では、五月のはじめに植木市があって賑《にぎ》わうが、このとき、浜吉が、境内の開山堂の脇《わき》で、風車《かざぐるま》の店（といっても、背にかついできた大きな藁束《わらたば》を下ろして、それに何十本かの風車を挿しただけのものだが）を出していると、通りがかった、四人ほど連れ立った水商売らしい女たちのなかのひとりが、めざとく、浜吉の店をみつけて、ひとりだけ先に、寄ってきたのだ。

そうして、風車の一本を手にとって、懐かしげに、しげしげと見入りながら、

「あたし、この風車、江戸へ来て、はじめてみたわ。あんたは気仙《けせん》あたりのお人ですか」

と、きいてきた。浜吉が、首を振って、江戸育ちの者だというと、さらに、

「これは、気仙の、籠風車《かごかざぐるま》ですよ。あたしはあそこの出ですから、よく知っています。あんたが、自分で、つくるんですか」

と、きいてくる。このときには、うしろに、仲間の女たちも、寄ってきていた。

「その風車、松太郎さんに買ってゆくの？　お時ちゃん」

と、うしろのひとりがいう。

浜吉が、その言葉を気にとめて、

「姐《ねえ》さんは、子供——が、いるんですか」

と、きくと、お時は、

「ええ、子持ち後家で、苦労してます。子供は、いまいった、松太郎というのがいるんです」

と答える。色の白い、眼の大きい女で、だから若くみえるが、子持ちとなれば、二十五は越えているのだろう。

「松太郎か、いい名だなあ。おれの子も松太郎といってね、正月の、松の内に生れたんでそうつけたんだよ。だが、死んでしまった。その名をきくと、胸がつまるね」

浜吉が、しんみりというと、お時は、

「うちの子も、松の内の生れだからですよ。そうですか、お宅のは、死んで？」

と、眼に同情の色を深める。浜吉は、親しみのこもる表情になって、

「あんたの、松太郎坊やに、その風車を上げますよ」

と、いった。

それではあまり、というのを、これもなにかの縁だから、といって、浜吉は押しつけてよこしたのだ。そのいきさつをみていたためもあるが、女たちも一本ずつ買ってくれて、帰りぎわに女たちのひとりが、

「あたしらは牛天神《うしてんじん》の下の、笹屋《ささや》という小料理屋にいますよ。たくさん風車売って、そのお金で遊びにきてくださいな。きっとね」

と冗談をいったが、するとお時も、

「そのときは、あたしを、お時――を呼び出してください。きっと来てください。迷惑はかけませんから。私、お話がしたいんです。待ってますよ」

と、いい残している。仲間がいなかったら、もっと話していたい、眼顔のままに、である。

それから、いく日目かに、浜吉が、教えられていた笹屋――という店を訪ねて行ったのは、風車のこと、同じ名の子を持つことなども手伝って、お時という女に惹《ひ》かれるものを覚えたからである。こちらは今はひとり者だし、夕飯を食うつもりで、出向いたのである。

牛天神――は、小石川上水堀に沿った台地の上にある。門前の町並はにぎやかで、笹屋はすぐにわかったが、裏通りにある。表向きは粋《いき》な小料理屋だが、どうやら曖《あい》

昧宿《まいやど》も兼ねるらしい仕組であるのを、昔は、御用の筋をつとめていただけに、浜吉は、敏感に察しとっている。

浜吉は、いわれたようにお時を呼び、お時の世話で夕食をして帰っただけだが、このとき、お時は、この前の礼だ、といって、どうしても、代金をとらなかった。今度はこちらの気持を通させてくれ、というのである。

お時は、浜吉が、一、二本の銚子《ちょうし》を片付ける間、座敷についていてくれたが、これは、仲間の女たちが気をきかしてくれたからである。このときお時は、酌をしながらに、まず、

「浜吉さん（むろん、名前もそのとき教えたのだが）は、どうして、あの風車のつくり方を知っているんですか」

と、きいている。

浜吉は、小石川界隈《かいわい》の寺社の縁日祭日を狙《ねら》って、風車を売って暮しをたてているのだが、それは、世間一般で売られている、紙の風車ではない。竹の風車である。細く削った竹籤《たけひご》五本で、巧みに竹籠《たけかご》を編み、それぞれの木端（十本ある）に四角く切った小さい色紙を貼《は》るのである。わかりやすくいえば、河川工事をするときの蛇《じゃ》籠《かご》に似た形のものを編み、それぞれの籤の末端に、風受けの紙片を貼るのである。

これを竹の支えにさし込む。大小二つこしらえて重ねてさしこむと、二つの風車が、一緒にまわる。細工の凝った、華やかな風車である。

「江戸を出て、川人足をしているときに、みちのくの生れだという男から、教えてもらったんだ」

と、浜吉が、風車について答えると、

「きっとそのひと、気仙のあたりの生れなんです。あたしなんか、この風車と一緒に、育って来たようなものなんですよ」

と、いかにも懐かしそうにお時はいった。

松太郎という子は、今年四つになる。自分は白壁町の長屋に住んでいるが、留守の間は、隣家の提灯屋《ちょうちんや》に子供を預かってもらっている——などと、内輪《うちわ》のこともお時は話した。ほんのいっとき、一緒にいただけだが、ふたりは、ずっと以前からの知り合いのような、なじみの情を、互いの胸に湧《わ》かすことになったのである。だからお時は浜吉の帰るときに、

「また来て、くださいますね」

と、きいている。自然に思いのこもる、眼と口ぶりで、そういったのである。

「きっとくるよ。なにしろ、おれの話し相手といえば、風車だけなんだからね」

と、浜吉は、明るい冗談にふくめて、つぎの逢瀬《おうせ》を、約束していったのである。

こういうきっかけでのつき合い——は、知らぬ間に、いい気分に、お互い同士の情が深まってゆくものである。それに、はじめから、仲間たちがそばにいたので、お時に対して、同情をしてくれている。それで、浜吉がくると、なるべく長い時間を、一緒にさせておくように、なにかと心くばりをしてくれることになったのだ。

「おれは、あんた方に、親切にしてもらっても、風車で稼ぐしか能のない男だし、土産ひとつ持ってきて上げられないね」

と、浜吉は、女たちにそんな冗談をいい、それでも紅梅焼の包みなどを渡したのだ。女たちのなかで、お時といちばん仲のよいのがお島という女で、お島は、座敷へ銚子のおかわりを届けてくれた時に、ほんのつかの間、世間話をしていったが、そのときに、

「お時ちゃんだって、少しは、生きてるたのしみもなくちゃね。このひとのご亭主は、なんの挨拶《あいさつ》もなしに、ふいに死んじまったんですから」

と、いった。それで、お時からも、死んだ亭主のことをきかされることになったのだが、亭主は、勘次といって、腕のいい大工だったが、風の強い日に、組み上げ

た足場から落ちて、運悪く、下に置いてあった庭石に頭をぶっつけて、その場で死んでいるのである。

「猿も木から落ちる、っていう、ことわざの通りだったんです。あれから、もう、二年ほどになります」

と、お時は、だいぶ遠のいた記憶だし、さらさらと、それをいった。それからずっと子持ち後家を通しているわけか——と、浜吉はお時の生きざまを察しやったが、しかし、お島が、お時のことを、少しは生きてるたのしみもなくちゃね——といったのには、もっと別な意味があったのである。浜吉はこの時はまだ、お時について は深いことは知らなかったのだ。

浜吉が、お時のところへ、通って（といっても夕食にだけだが）くるようになって、何度目ごろだったか、ともかく、お互いに気心もわかりあってきたころ、お時が、酒の酌をしてやりながらに、

「こんなことをきいて、気を悪くされるかもしれませんけど、もし気にさわったら、ゆるしてください。実は、浜吉さんが、どうして、風車売りみたいなことをしているのか、それを、みんなと、ときどき噂《うわさ》するんです。というのはつまり」

風車売り、というのは、香具師《やし》仲間の仕事である。浜吉は、齢《とし》も三十をいくつか

越え、風采《ふうさい》も渋くできあがっているし、むろん筋骨も整い、さらに頭も切れる。どんな仕事をしても、人の頭に立つ男だということは、客相手の商売をしているから、お時たちだれにもよくわかる。それが、この世に、なんの欲もないような顔つきで、寺社の祭礼日を狙っては、片隅でひっそりと風車売りをしているというのが、どうも、解《げ》せないのである。ということは、なにかわけがあるから、と察するのだ。わけを知りたい、というのは、女たちの本能である。

お時ちゃん、かまわないからきいてみてごらんよ——などと、仲間から焚《た》きつけられたのだろう、と、浜吉は察し、

「そんな噂をされてるのかね。いい男は、目立つんだなあ」

と、笑った。そうして、

「あんた、ほんとに、ききたいのかね?」

と、じっと、お時をみつめている。ふつうではないわけのありそうなのを、お時は、その、浜吉の眼つきから感じとって、

「いいえ、きいていけないことでしたら、いいんです」

と、いった。浜吉は、

「話すよ。おれも本気で話すから、あんたも本気できいてくれ。ちょっと、つらい

が、あんたにきいてもらえるなら、嬉《うれ》しいよ。——ま、お飲みよ」

と、銚子を、わけ合って飲んでから、浜吉は話しだした。

「あんたらのことだから、うすうすは察しているかもしれないが、おれは、五年余り前は、お上《かみ》から十手捕縄《じってとりなわ》をあずかっていた。根津《ねづ》の浜吉といえば、少しは、人に知られていたかもしれない」

浜吉に、そういわれてみると、なるほど、と思う。きちんと、性根《しょうね》が通っているのだ。お時は、なんとなく、居ずまいをなおして、

「親分さんだったんですか。道理で。そういえば、お島さんは、あのひとに、十手でも持たしてみたい、いい様子をしてるね、って、いったことがありますよ」

と、感心してみせた。

「すると、いまも、いくらかは、昔の名残りが身にあるというわけか。有難いことだね。——ところで、その、名の売れたいい男の御用聞が、なんと、お上につかまって、百叩《ひゃくたた》きに遭って、五年の所払《ところばら》いで、江戸を逐《お》われたんだ」

浜吉は、その、思いもかけぬことを、しかし、すらすらと、なんでもないことのようにいったのだ。

「まさか、親分さん」

と、お時が驚くと、浜吉は、

「親分さんなんていっちゃいけない、浜さん――といいな。それで、あんた、おれがなぜ、そんな目に遭ったか、ききたいかね？」

と、また、じっとみる。お時は、考え込んで、なんともいわなかった。うっかりは、返事のできない気配がそこにある。

「大丈夫だよ、もう、すんだ昔のことなんだからさ」

と、そこで浜吉はうすく笑い、

「きいてもらうか。人間、抱いてる秘密は、いつかだれかに、話したくなるもんだよ。おれは、お時さん、あんたにきいてもらいたいんだ」

といってから、お役御免になったいきさつを、お時に話している。

それは、お時にとって（まさか？）――と作り話としか思えないものであった。

「おれはね、追いつめて、お縄にしようとした相手から、金をもらって、そいつをみのがしちまったんだ。それで、こっちが、お縄をかけられる破目になったんだ」

この人が？　まさか――と、それだけきいたのでは、お時には、やはり、そういうしかなかった。信じられなかったのだ。

「疑ってる眼つきをしてるが、ほんとうなんだ。仙造という男だが、タチの悪いたかりをして、とうとう手配書がまわった。追いまわして、女の家に逃げ込んでいるところをつかまえたんだが、女ともども、ひどく泣かれてな。仙造が、そのとき、おれのふところへ重いものを突っ込みやがった。二、三十両ある、と読んで、それで、江戸を落ちのびることを条件にみのがしたんだ」

すんだ昔のこと——とはいっても、お時は、その話に、吸い寄せられるように、息をつめてきき入っていたのだ。

「おれが、なんで、その金に手を出しちまったかというと、女房の長患《ながわずら》いと、子供の病気とが重なって、やたらに借金が多くなっている。晩酌一本満足にも飲めずに、足をスリコギにして駈《か》けずり廻《まわ》っている者もいれば、人をおどしてとった金でのうのうと女と寝ている奴《やつ》もいる、と考えたら、やはり、魔がさしたんだな、盗《ぬす》っ人《と》の上前《うわまえ》を刎《は》ねてやりてえ気になってね。それに、よほど、頭に血ものぼっていたんだろう、はっきりいえば、熱に浮かされてるようなもんだったかもしれない。だから、つぎの日の朝、眼がさめてから、しまった、と気づいて、仙造に会いに行ったが、もう逃げていた。遅かったんだ。しかも、その仙造の奴は、江戸に居残っていて、とどのつまりは、ほかの御用聞に捕まった。その上、お白洲《しらす》で、やけになって、おれのことを口に出しやがったのさ」

「なぜですか。ちゃんと、取引――をしたんでしょう」

と、そこまできいてきて、お時はきき返す。すぎたことだが、つい、身近な思いで気になるのだろう。

「いったん、目こぼしをしてもらった、となると、公儀の手ぬかりになるし、死罪になるかもしれぬところでも、手加減をされることがある。奴の罪は、死罪になるほどのものでもなかったから、遠島になったんだが、おかげで、おれはお役御免の上、いまいったような目に遭った。それも、御用聞仲間が、さんざん口をきいてくれたんで、やっとそれだけの罪ですんだのよ」

「――それで、おかみさんや、子供は?」

「皮肉なもんだな。ふたりとも死んだ。そうなると、いったい、なんのために掠めた金なんだ?　おれは、この世に、なんにもなくなって、ひとりで江戸を出た。そうして五年たって、やっとまた江戸へもどって来たんだよ。よその土地を歩いているときは、いちばん多くした仕事が川人足だ。おれが、あの、風車のつくり方をおぼえたいわれも、くわしくいえば、これだけのわけがあるんだ。五年の間に、おれの身についたのは、この風車つくりの腕だけだが、江戸へ向けて帰ってくるときは、風車でもつくって売って、世間の隅で、こっそりと暮そうと思ったんだ。知っている仲間が、いくらいたにしろ、人目を避けて、物蔭《ものかげ》で生きているのも悪くはない。前科者――らしくな。だが、このごろは、なんとなく、おれの住んでる世間が明るくなってきたんだよ。あんたが、風車を買いに寄ってくれた、あの日からだ」

「あたしが？――そう。そうですか」

と、そこまできいてお時は、浜吉が、身の上を、ずいぶん明かしてくれたそのための親しみと、自分でもよくわからない上気してくるものとで、何となく頬《ほお》を赧《あか》らめながら、

「あたしも、です。あたしも、あの日から、世間が明るくなって。――ほんとなんです」

と、いった。

そうして、てれかくしに銚子をとりあげたが、その手もとが少少ふるえた。浜吉の、いちずないい方につい誘われて、お時もまた、自分のこころのほどを、明かしてしまっていたからである。

この晩から、浜吉とお時のあいだは、いちだんと馴染《なじみ》が濃くなっている。浜吉が、ちょっとした、子供の喜びそうな、菓子や玩具《おもちゃ》のたぐいを持ってきて、

「つまらないものだが、松坊にな」

と、忘れず託するようになったのも、このころからである。

そのうちに、浜吉は、誘われて、お時の長屋へも行き、松太郎とも、なじむようになった。松太郎が、すっかり浜吉になついたころ、それまでは昼間来ていたのが、その日は夜更けに笹屋から連れ立って帰り、浜吉はお時を抱いたのである。どちらが、どうして、ということでない、ほんとに自然のなりゆきで、肌をまじえたのだ。

そのときのことだが、浜吉が、

「ここまで来ちまったもんなら、いっそ、一緒になりてえと思うんだがね。まさかあんた、茶屋女のつもりで、おれに抱かれてるのじゃないだろう」

と、いうと、お時は、

「子持ちの後家には、なにかと、むつかしい世間体もあるんですよ。茶屋女を抱くつもりで、抱いてやってくださいな。あたしだって、好きなひとに抱かれるのは、それだけでもう嬉しいんですから」

と、いった。

そうして、お時は、はげしく身体《からだ》を燃やすしぐさはしたが、浜吉が、口に出した、一緒になりたい――ということについては、なぜか、なんの返事もしなかった。

浜吉が、お時の身の上のことを、なにかあるようだな——とさとったのは、それから、まもなくのことである。

何度か、身体をまじえていれば、おのずと、相手の考えていることもわかる。それに、浜吉は、世間の底をみる眼をもっている。お時が、きれいごとだけで、世渡りをしてきている、とも思っていなかった。それは、お時の家で、はじめてお時を抱いたときの、女の肉のしぐさだけをみても、子持ち後家の固い一方の生き方をしていたのでないことだけはわかったのだ。

しかし、お時の生きているうしろに、まさか、どうにも気味の悪い男がくっついていようとまでは、さすがの浜吉も思い及ばなかったのである。

浜吉は、お時と、何度も情を重ねてくるうちに、そこはひとり身の男だから、やはり、どうしても、お時と所帯を持ちたくなった。それで、ある晩、お時の家で、膝詰《ひざづ》めで、うんといわせようとしたときに、それまでは、あれこれと、いいのがれていたお時が、

「実は、私には、男がついているんです」

といって、猩猩の銀——の名を出したのである。浜吉は、銀——を、闘鶏師ときいて、はじめは、無宿者か、と思い、きいてみた。

「無宿者かどうか、私にはわかりません。店へは、月に、四、五度は来ます。そうして、遊んで帰ってゆくんです。泊めてくれ、といわれても、私は、ことわるんです。顔さえみれば、一緒になってくれ、というんですけど、子供のためだ、といって、がんばっているんです。男が、来れば、身体だけは任しますから、なんとかこのままでいられるんですけれど、もし、ほかの男に心を移したとなれば、まして、その男と一緒になるつもり、と知れば、何をするか、しれたもんじゃありません。きっと、殺します。ひどく、殺伐《さつばつ》な男ですから。顔をみたってわかるんです」

お時は、銀のことをそう語って、語りながらも、眉《まゆ》をひそめつづけた。見込まれたが最後、もうその手から逃げられない、という目に遭わされているらしいのだ。

「金をたかったり、ということはしないのかね」と、浜吉は、それも気になってきいた。

「いいえ、お金のほうは、充分に払うんです。いいみなりはしていませんよ。肩のあたりを、鶏《とり》の糞《ふん》で汚したまま来たりしますから。でも、お金はもっています。土地で、兄貴分なんだそうです」

「土地——というと？」

「小石川の大下水沿いの、朝日稲荷《いなり》の脇なんです。藪地をひらいて、素性のよくない人たちが住みついてる一廓なんです。人を集めて、闘鶏をやってるんです。闘鶏場へはいるのに場所代をとっていて、それがだいぶいいみいりになるそうなんです。あの男が来て、黙って抱かれていると、よけい気味が悪いんで、いろいろききますから、よくわかっています。あのあたりは、何をしても、お上のほうの、手ははいらないようですね」

「あるのさ、そういう土地が。——あちこちに、な」

と、浜吉は、苦く笑った。

「そこでは、何人も、闘鶏を飼ってる人がいるようですね。今度、鶏を持ってきてみせてやろう、って、いったこともあります」

「喧嘩《けんか》をするには、あまり、いい相手じゃないようだ」

と、浜吉はつぶやくようにいった。浜吉は、別に、お時の話に驚いているわけでもなかったが、お時のほうは、そうはいかない。

「あたしの身を、案じてくださるんでしたら、どっかへ、一緒に逃げてくれませんか。ねえ、浜吉さん。あんたに風車を売ってもらい、あたしも、できる仕事は、なんでもやります。上方《かみがた》か、もっと遠くへか、逃げてゆけば、なんとか、身は立つと思うんです。かりに、あたしのために、猩猩と争ったって、殺されてしまうにきまっています」

「そういう男を、こわがっていたら、お上の御用は、一日も、つとまらなかったよ。大丈夫だよ、苦に病みなさんな」

と、浜吉がいっても、お時は、それでは承知をしなかった。

「でも、そのときは、うしろに、お上のご威光がついていたわけでしょう」

と、とりみだしているわりには、筋の通ったことをいうので、浜吉も、

「その通りだ。痛いことをいうじゃないか」

と、いうしかなかった。

「逃げるのは、いやですか」

「いやだというわけじゃないが、逃げると、逃げつづけになるのでな。それに、風車売りというのは、縁日商売だ。手を廻せば、すぐにみつかるよ。それなら仕事を替えろ、というかしれないが、おれはどうも、風車売りが好きになっているんだ。

――銀とは、話をつけることにする」

「話がつくと、思ってるんですか。あたしが、こんなに、話してるのに――」

お時は、そのときは、涙ごえになってしまっていた。悪い予感にばかり責められるからであろう。

「男の世界のことは、そういう仕組になっているんだよ」

「卑怯《ひきよう》なことを、しますよ、あの男は」

「それも、会ってみりゃ、わかるさ」

「昔の、御用筋のお知り合いの、力はかりられないんですか」

「なんといって借りるんだ？　昔なじみだ、力を貸せ、女を奪《と》り合う喧嘩だから、といってか？　だいいち、おれ自身、お上からみれば、猩猩と似たようなやくざなんだ。前科があるから、猩猩より悪くみられるかもしれないんだ。おれひとりで、やるしかない」

「ああ、あたしは、どうすれば、いいのかしら」

と、お時は、両手を顳顬《こめかみ》にあてて、しきりに頭を振ったのは、もう、思案の出ようもなかったからであろう。

「おれは、あのころ、鼬《いたち》――と呼ばれていた男だよ」

と、浜吉は、お時を慰めるように、静かな声で、いいきかせた。なによりも、浜吉は、落ちついていたのである。

「逃げまわる鼠《ねずみ》を、追いまわして、みるまにつかまえるからだ。おれは、十手をちらちらさせて、町なかを歩きまわるような真似《まね》は好きじゃない。身を変えて、さがしまわるのさ。箒《ほうき》売りにもなれば、下駄《げた》の歯入れ屋にもなる。甘酒も売れば、六十六部《ろくじゅうろくぶ》の真似ごともする。何でもやる。だから、あぶない場の、場数も踏んできているんだ」

「それも、昔の、お上の御用だから、できたんです。いまは、だれも、助けてくれないでしょう」

「助けてくれなくても、やらなければならないことが、男の暮しの中にはあるもんだ。闘鶏師か。面白い相手だ」

「くどく、案じるようですけど、間に、人を立てて、話し合うわけにはいかないんですか」

「いかないだろうね。本人が、会うしかない。はっきりいうが、その男から、力ずくで、あんたをとり上げるんだからな。——おれも、この世の中を、あきらめて細細と生きるつもりだったが、まさか、惚《ほ》れた女のために、いのちがけで、恋がたきに掛け合いにゆくような、目に遭おうとは思わなかった。かえって、いい気持だ。これを、のりこえると、昔のおれらしい気力も湧いてくるかもしれないな。おれは、ほんとうは、どこかで、大きな賭《かけ》をやってみたかったのかもしれないんだ」

お時を、なんとかなだめて、浜吉が、朝日稲荷の脇の一廓へ、猩猩の銀の家をさがしあてていったのは、そのつぎの日のことである。

このあたりは、どこも、笹藪が眼につく。その笹藪を切りひらいたあちこちの空地に、二戸、三戸と、身体をもたせ合うような恰好《かっこう》で、掘立小屋――といいたいほどの家が建っている。なかには、瀬降りのように、表の空地に石で竈《かまど》を築いて、鍋《なべ》をかけている家もある。雨が降ったらどうするのか。みたところ、この世をはみ出た野良犬の溜《たま》り場《ば》のようなものだが、それだけに、雑草のような生活力も持っているのに違いない。

藪地のあちこちで、鶏の鳴く、しわがれた声がするのは、闘鶏を飼っているからであろう。この一廓へ踏み込んで、いちばん手近な家の軒先で、竹籠を編んでいた男をつかまえて銀の家をきくと、すぐにわかった。

銀の家は、やはり、藪をひらいた空地の中にあった。頑丈な、木樵《きこり》小屋のようなつくりである。銀は、庭先（というより空地というべきだが）の、片隅に置かれた、唐丸籠《とうまるかご》の前にいた。その中に、闘鶏が一羽入れられていて、銀は、しゃがみ込んで、それをみていたのだ。

浜吉が、うしろから、

「猩猩の銀——という人の家はこちらだね」

と呼びかけたとき、銀は、

「お前さんは、目明し崩れの、風車売り——かね」

と、低い声でいって、ゆっくりと首だけうしろへ向けて、じろっと、浜吉をみて、また元の姿にかえって、闘鶏をみている。闘鶏は、ほかにもいるのだろうが、この、唐丸籠のが、いちばん強いのだろう。いちばん強いのを、代代、猩猩と名づけるのだ、と、これは、また聞きに、お時からきいている。素人がみても、剽悍《ひょうかん》な、いい鶏であることはわかる。

それで、浜吉は、

「いい鶏だな」

と、いった。

すると、銀は、うしろは見ずに、

「おれは、いつでも、闘鶏と同じで、勝つか負けるかできめる。お前さんは、お時のことで来たんだろう？」

と、いった。

「もう、わかってるのか？」

「ここら界隈のことは、なんでもわかる仕組になっているのさ。お前さん、お時を、力ずくでも、おれから奪る気があるのかね」

いってる言葉の割に、抑揚を殺した静かないい方を、銀はする。それが不気味だ。

浜吉も、それで、静かに答えている。

「そうするしか、ないだろう。ほかに、なにかあるか？　金で——ということも、な」

「金は、要らないね。困ってもいねえし。それに、おれのいうほど、お前も出しもすまい。とすれば、やり合うよりほかはないだろう。——いいのか？　十手持ちのつもりでいられちゃ困るぜ」

笑ったらしく、肩のあたりが、少し揺れるのだ。

(仕事柄、いろんな奴に会ったが、こんなこわい顔をした奴も、めずらしいな)

と、浜吉はそのとき、今さきこちらを振り返ってみた銀の顔を思い出しながら、そう思っていた。頬骨の突き出た、粘土を捏《こ》ねてぺたっとつぶして、それに眼鼻をつけたような、つまり、なにやら凹凸《おうとつ》の多い顔をしているのだ。眼は細く鋭い。長身痩軀《ちようしんそうく》、だが、しゃがんでいるのをみても強そうだ。頭に鶏冠《とさか》をのせたら、そのまま闘鶏の姿だ。

（いやな相手だ。お時が、おびえたわけだ）

と、浜吉は正直に、そう思っている。向う気の強い若い者と違うから、この男と争っても、勝つには、よほど骨の折れることを、すでに勘定には入れているのだ。

「おれは、お前をみていると、また、十手が持ちたくなってくるな。つかまえ甲斐《がい》がある」

と、浜吉がいった。強気に、出たのだ。

すると、そこで、銀が立った。立って、くるりと、こちらを振り向いて、まっすぐにみつめてきて、いうのである。

「やるんだな？」

「お前がそのつもりなら、それしかあるまい」

「あすの昼過ぎ、八ツ（午後二時）でどうだ。おれは、朝は、寝起きが悪いんでな」

「いいだろう。ここで、やるのか？」

「いや、お薬園の前の大雲寺の空地がいい。あそこは、ここと同じ藪地で、藪の中に、人の死骸《しがい》を投げ込んでも、そのままわからねえですむからな。下水端をたどってゆくと、ひと目でわかる、大きな榎がある。それが目印だ。榎には五位鷺《ごいさぎ》が巣をかけている。死骸をほっとくと、この五位鷺も啄《ついば》みにくるぜ。闘鶏とは違うから、どっちかが、死ぬまで、やることになるだろう」

「わかった。それでは、そうしよう」

と、いって、それだけで、そのまま帰りかける浜吉に、押しかぶせるようにして、銀がいった。

「後見人というか、助っ人でもいいんだが、付添《つきそい》を一人だけ認めよう。それと飛道具は抜きにする。まア、竹槍《たけやり》でも、担いでくるんだな」

うふふふ、と、ひどくおかしそうに笑う銀の声をききながら、浜吉は、引き返してきた。その笑い声を背に負うたときの、いやな重み——は、つぎの日、争いの場に出向いたときも、同じように、浜吉の背にあったのだ。

そうして、いよいよ、銀（銀たち、ということになるが）と争いをはじめたとき、いやな重み——の意味がはっきりした。つまり、それは、

（この分だと、殺《や》られるかもしれないぞ）

という、尋常でない不安の情の重み——と、いえたのである。

その闘鶏——だが、鶏がこれほども？——と思うほど、すさまじかったのだ。

闘鶏は、まっすぐに宙を飛んで来て、その鋭い爪《つめ》で、浜吉の眼を狙ってくるので

ある。

人間同士の喧嘩にまで、鶏を役に立つように仕込んであるのだとすれば、この兄弟の、鶏に対する、躾《しつけ》の仕方は、並並でない、といわなければならない。

しかし、感心している、ゆとりはなかった。

銀と源の肩にいる闘鶏は、二人の、口笛に似た合図によって、発止《はっし》と空《くう》を叩いて翔《た》ち、浜吉を襲ってくる。横に払う浜吉の匕首は、むなしく、鶏の尾羽の幾枚かを宙に散らすのが精一杯で、鶏は、仕損じると、宙を舞って、また、飼主の肩にもどるのだ。
三、四度、交互に襲ってくる鶏を相手にしているうちに、浜吉は、額から汗をしたたらし、両手の甲に、爪の掻《か》き傷で、血をにじませていた。いつのまにか、手傷を負うているのである。もしこのまま、鶏相手の、むなしい戦いをくり返していると、鶏を斃《たお》すだけで、こちらも、疲れ果ててしまいそうな気もしてきた。
それにしても、鶏が、こうも楽楽？——と宙を飛ぶものなのか——と、浜吉は、内心、さすがに、かすかな怯《おび》えを覚えた。

その、浜吉の動揺をみすかすように、銀がいった。

「こいつらは、鷹《たか》と同じに馴《な》らしてある。なにしろ、おれたちゃ、二六時中ひまばかりでな、鶏でも相手にしてねえと、日が経《た》たねえのよ。——お前が、手を引くなら今のうちだ。行け。黙って逃がしてやる。どうする？」

「鶏の飛び方も、だいたい読めたしな。今度は、首を、斬《き》りおとしてやる」

と、浜吉はそういう返事をしている。

銀と源は、いつのまにか、自分らも匕首を抜いていて、浜吉へ向けて、じりじりと、間《ま》をつめてきた。やるとなったら、早いところ、けじめをつけてしまおうと考えるのだろう。間は、つめられるほど不利である。

（勝てるのか？）

という自分への疑問が、頭の奥を掠めてゆく。お上の御用で、とび廻っていたころの度胸も（当然、身の機敏さも）まだ、自分には充分ある、と、浜吉は思っていたが、それでも、間をつめられると、どうしても、後じさりをつづけることになった。闘鶏——という、厄介なものが、戦いの場に、まじっているためである。

浜吉は、左の肘《ひじ》を、顔の前で曲げて、闘鶏の襲ってくるのに備え、右手の匕首は、腰のあたりで、低く構えていた。暗い、いやな刻《とき》が、流れてゆく。

銀が、ひゅっ——と、口を鳴らし、猩猩が、肩を蹴《け》って翔《た》った。激しく羽を鳴らして、それは、一瞬に、浜吉に向けて飛んできたが、その鶏を、阿吽《あうん》の呼吸をはかって、浜吉が一撃に斬り払う。何度もしくじってきたおかげで、コツを覚え込んでいた。強い、手ごたえがあり、鶏は、首のあたりを斬られて、血を噴《ふ》きあげながら、二間ほども脇へ飛んで、地に落ち、苦しげに身悶《みもだ》えている。

その鶏を、ちらとみたまま、浜吉は、つぎに、鶏か人か、いずれかの襲撃に備えて、一間ほども、はねとぶように後じさっていた。

源が、口を鳴らし、黒い鶏が、飛んできた。

すると、そのとき、奇妙なことが起きたのだ。

飛んでくる、その鶏が、途中で、一方から飛んできた矢に、胸もとを射抜かれて、浜吉を襲ってくる前に、宙を、斜めに泳いで、地に落ちたのである。そうして、苦しげに、羽ばたきつづける。

それは、思いもよらぬできごとで、浜吉は、息を呑《の》んだが、もっと驚いたのは、銀と源のふたりということになる。矢を射てきた、というのは、つぎの矢が、今度は自分らを狙ってくる、と予感したためもある。

「弓を持った奴がいる。退《さ》がれ」

と、銀がいい、ふたりは一緒に、三間ほども引き退がって、矢の来た方向に対した。ともかく、これで、二羽の闘鶏は失われ、二対二（弓矢を持った者が浜吉の味方として現われればだが）の争いとなるわけである。

（助かったな。お時が、なにか、手を廻してくれたのだろう）

と、浜吉は、まだ、いささかも、気をゆるめることのできない場にいながらも、胸の奥に、熱いものをかんじている。

お時の手配だったのかどうか――ともかく、矢の来た方向の藪蔭から、ひとりの男が出てきた。まだ、二十三、四かとも思える若い男で、手に楊弓《ようきゅう》を持ち、腰に、まだ、何本かの矢を、脇差《わきざし》のように差していた。

その男は、いかにも敏捷な身のこなしで、浜吉の前、二間ほどのところまで、地を跳《は》ねるようにして近づいてくると、

「根津の親分、あっしですよ。いつぞやは、開山堂の脇で」

と、いった。

そういわれる前に、浜吉も、その男の顔を思い出していた。

伝通院の開山堂の脇に店を出していて、お時たちと知り合ったあの日のことだが、お時たちと逢うちょっと前に、この男が、浜吉の前に来て、小腰をかがめて、慇懃《いんぎん》に、

「失礼でござんすが、あんたさんは、根津の浜吉親分じゃございませんか」

と、きいてきているのだ。

浜吉には、その男には見覚えもなかったし、それで、

「いや。あたしはただの風車売りですよ」

と、答えている。

男は、もう一度、

「根津の親分さんだと思いますがね。違いましたか」

と、重ねてきいているのだ。

「あたしは、親分なんかじゃない。それより、風車でも買ってくれませんかね」

浜吉が、とり合わずにそういうと、男は、首をかしげながらも、あきらめたふうに、風車を一本買って、立ち去っているのである。

その男が、どういういきさつがあってか、物蔭から、とび出してきている。そうしてそのおかげで、争いの場の形勢は、全く逆転している。男は、弓に、矢をつがえたまま、藪蔭から出て来ていたのである。そうして、その男は、銀と源に向き直ると（浜吉にきいてもらうつもりもあったろうが）こういったのだ。

「おれは、小日向《こびなた》の喜助親分のところにいる、留造というもんだ。浜吉親分の助っ人として出てきた。てめえらが鶏を道具に使うだろうことは、とっくにみぬいてい

たからな。こっちは鶏撃《とりう》ちの道具を持ってきたんだ。鶏なんぞ使いやがって、てめえらのやり方はきたねえと思う。それならこっちもきたなくやろう。どうせ、だれも見てるもんはねえし、こっちは弓を使わせてもらうぜ。この弓も矢も、牛天神の楊弓場から持ってきたもんだが、弓は糸を強めたし、矢は、先をとぎ直してある。てめえらの胸なんざ、ぶすぶすと射抜いちまう。おれは、矢場では、女から那須《なす》の与市《よいち》さんと呼ばれたほど、腕はよかったんだ。いま、鶏を射落すところをみただろう」

留造はそういって、つがえた矢をきりきりと引きしぼった。そうして、銀を狙う形のまま、じりじりと進んで、銀の、二間ほど手前へきた。射られれば、銀は、深傷《ふかで》を負う。しかし、そのままで、留造は、矢を放たなかった。

すでに、勝負のついているのを、留造は、留造なりに、みぬいていたからである。

銀がいった。

「待ってくれ。わかった。おれの負けだ。女はゆずるぜ」

留造がいった。

「女は、もともと、てめえのもんでもねえだろう。そのいいぐさはなんだ」

「それも、わかっている。ともかく、負けたんだ。どうでも、というなら、胸を射抜かれてもやるが、ここらで、おさめてくれ」

　そうして銀は、眼顔で源に合図をし、ふたりとも、手早く匕首をふところへおさめた。喧嘩馴れしているだけに、負けをさとるのも、素速いのである。銀は、浜吉へとも、留造へともつかずにいった。

「女は、いくらもいるが、いのちは、ひとつっきりしかねえからな。こうして、手向いをやめたもんを、まだ射抜くつもりか、え？　弓の親分さんよ」

「勝手な口を叩きやがって」

　と、留造は怒っていたが、それでも、

「どうしますか、親分、いいんですか」

　と、浜吉にきいている。弓は、まだ、銀に狙いをつけたままだ。

「いいだろう。みのがしてやれよ」

　と、浜吉はいった。留造は、それで、弓を下ろす。すると、銀と源は、素速く身を退《ひ》き、藪蔭へ、みるまに姿を消していった。

　死んだ鶏を、藪の中へほうり込んでから、浜吉と留造は、とにかく、その場を引きあげることにした。

銀と源が、藪蔭へ消えたあとで、留造は、浜吉の前へやってくると、

「出すぎた真似をいたしましたが、話をきいて、ほっとくわけにはいかなかったんです。ごらんのように、卑怯な奴らですからね」

と、いった。

助けてもらった、というからでもないが、浜吉には、留造という男が、ひどく頼りになる、いい若者にみえてきていたのである。

「あんたが、ここへ、来てくれたのは、笹屋のお時の頼みかね」

ときくと、留造は、少し首をかしげてから、

「といってもいいようなもんですが、どっちかといや、こっちでも、手を廻して、親分さんのことは、前前から案じていたんです」

と、いった。

その意味が、よくわからず、今度は浜吉が首をかしげると、留造は、こんな種明かしをした。

「あっしは、親分が、根津で、界隈に名を売っていなさるころ、まだ十七、八で、酒屋の伜《せがれ》だったんです。ですが、十手持ちになりたくてね。三男だし、その後、親もあきらめてくれて、小日向の親分のとこへ見習いにはいったんです。このころは、

あんたさんは、例のことで、江戸から姿を消していられましたよ。江戸にいられたら、何としてでも、あっしは親分のお世話になりましたしね。伝通院でおみかけして、昔から、親分さんの顔も存じ上げておりましたよ。そういうわけで、ああ、やっともどんなさったか、と思ったんです。親分さんは、ただの風車売りだ、とおっしゃいましたが、顔を、見違えやしません。あっしだって目明しのはしくれです」

そうか、なるほどそうか、というふうに、ただ、うなずくだけで、浜吉はきいていたのだ。

「風車売りが、浜吉親分ということになれば、ほっとけませんから、あの日は一日、物蔭で、親分を見張ってましてね。親分が、あの女たちと、とくにお時さんと、なにやらお知り合いのふうだったのも、みておいたんです。親分が湯島《ゆしま》におすまいのことも、あれからときどき笹屋へ通われて、お時さんとなじまれたことも、みてきてます。あの店に、お島さんという女がいますが、あれがうちの町内の者でして、頼んで、いろいろと様子をきいてきたんです。親分が、お時さんのために、猩猩の銀と、いずれは決着をつけるだろう、ということもです。今日のことも、お島さんから使いがきて、知ったんです。――そんなわけでして、つい、出しゃばった真似をする破目になっちまいました。どうぞ、これからは、よろしゅう、お見知りおきを願います」

「そういうわけだったんか。これでやっとのみこめたよ」

と浜吉はいい、そこでふたりは、死んだ鶏を片付けて、並んで帰途についたのだ。

この、帰りがけの道で、もうひとつ、わからないことを、浜吉は、留造にきいている。

「いまは、ただの、風車売りのおれなんぞのために、お前さんは、なんで、いのちがけで飛び出してきたんだね。わけはひと通りはきいたよ。だが、ふつうだったら、ここまではやらないと思うがね」

するとと、留造は、しばらく黙って歩き（考えていたのだ）それからいった。

「親分さんは、小日向の親分とは、幼な馴染だそうですね」

「うん。よく知っている。いや、よく知っていた、ということだろうな」

「それなんですよ。あっしが、根津の親分が風車を売ってる、と、あの日のことを喜助親分に話しますとね、親分は涙ぐんで、様子をもっと調べて知らせてくれ、あいつは人目を避けてるはずだから、くれぐれも内緒でな、おれの名も出すなよ、と、こういうんです。その案じ方が、みていて、ふつうじゃありません。喜助親分が、こうまで、浜吉親分のことを考えてるとすれば、あっしも、できるだけはお役に立って、と、そのとき心にきめたんです。幼な馴染ってえもんは、いいもんですねえ。お上からうけた罪は消えても、自分で自分をゆるす時のくるまでは、浜吉はなかなか人前に顔は出すまいよ、と、そんなことまで、喜助親分はいってます。でも、顔をみたい様子でしたねえ。ま、そういうわけです。黙ってようかと思いましたが、やっぱり、そうもいきませんや」

今度は浜吉が黙った。霞《かすみ》のはれてゆくように、わかってくるものがある。自分が、罪に陥ちたとき、奉行所へ日参して、泣いて頼んでくれたのが喜助であったことを、浜吉は、牢《ろう》を出されるときに、なじみの同心《どうしん》のひとりからきいているのである。

世間をすてて——と思いながら、いつのまにか、世間の情に浸ってゆく自分を、浜吉は、切ないとも、嬉しいともつかぬ思いで、うけとめていたのである。

「喜助親分は、浜吉親分のことを、あれだけ使える男に、風車を売らしておく手はない、と、しきりにいってます。元へもどってくれるなら、どんな介添《かいぞえ》もする、といっておりますがね」

どうやら、このあたりに、留造に託されている、喜助の真の願いがあるようだったのだ。

「ありがたい話だが」

と浜吉はいって（ちょうど榎の木の下に来ていたので、そこで木の上を見上げ）、

「五位鷺の巣があるそうだが、どれだ？」

と、全く関係のないことを口にしたあと、また、歩き出すと、こういった。

「喜助には、よろしくいってくれ。おれは、風車売りで満足しているから、とな。それから、喜助に、おれが、家に飾っている、五段仕込みのみごとな風車をやりたいんだが、お前さん、これからうちへ寄って、ことづかってってくれんかね。捕物《とりもの》で疲れた頭をやすめるにも、よくまわる風車を、無心にみていることは、なかなかいいもんだよ」

そういったときの、浜吉の顔は、すでに、一介の、風車売りの顔になっていた。

解説　永遠の器

浅田次郎

この一年で、短篇小説アンソロジーを四巻も編んだ。

考えてみれば、お勧めの短篇が四十点もあること自体、おかしな話である。要するに、自分の本が出せないのなら選者となって他人の本を出せ、という版元の要求に屈した結果なのだが、こんなことをするくらいなら自分で四十本の短篇を書いたほうが、よほど楽だったような気がする。それだけの数の短篇を選り出すためには、少くとも十倍くらいの作品を読まねばならない。むろん既読の作品も改めて精読する必要がある。幸い私は、暗いうちに起き出して執筆を午前中におえ、午後は放漫な読書、という時間割を持っているので、何とかこれらの仕事をやりおおすことができた。

たぶん依頼人は、私の日ごろの時間割を知っていたのであろう。プライバシーを軽々に口にしてはならぬ好例である。

　しかしながら、一年がかりで文学史上の名作を数百篇も読むことができたのは、私自身のためにはまことに幸いであった。たぶん小説の神様が、ここいらでもういっぺん勉強しなおせと、お命じになったのであろう。

　さて、四巻のアンソロジーをようやく編みおえて気息奄奄《きそくえんえん》としていたところ、とどめを刺すような仕事が舞いこんできた。

「かつて日本ペンクラブが編んだ『捕物小説名作選』を復刊するので、その解説を書け」というのである。

　これは編集者の声であるが、聞きようによっては神の声であった。

「おまえが選んだ四巻の中には、捕物小説が一篇も入っていないではないか。横着者めが」

　天命とあらば仕方がない。

　ところで、四巻のアンソロジーに捕物小説を一点も加えなかったことには理由がある。この種の短篇はみな長大なシリーズになっているので、そのうちのひとつを選り抜くためには、選者の責任上すべてを読み通さねばならぬからである。その理由を神様から「横着者」と罵られれば、返す言葉もないのだが。

　しかし原稿を一読して、どなたかは知らぬが日本ペンクラブの先輩編者の炯眼に畏れ入った。収録作品のおよそは、その長大なシリーズの記念すべき第一回だったのである。

連作の初回には、主人公のプロフィールやら時代背景やら状況設定やら、その先の長大なシリーズを支える定義が盛りこまれる。つまりこの一篇を読まねば、シリーズ中のいかな名作でも十分に理解することはできず、むろん第一回であるからには作者入魂の一作であると言える。シリーズを代表する作品としては、まずまちがいはない。

たとえば『半七捕物帳』巻の一「お文の魂」には、半七の初登場がこのように描かれる。

笑いながら店先へ腰を掛けたのは四十二、三の瘦せぎすの男で、縞の着物に縞の羽織を着て、だれの眼にも生地の堅気とみえる町人風であった。

岡本綺堂の筆は冴える。「縞の着物に縞の羽織」というのは、相当な粋人の身なりであろう。半七はおしゃれなのである。だから続いて「生地の堅気」と言い添える。外見は派手好みだが決して遊び人ではないよ、という意味である。この「生地の堅気」の一言はうまい。さらに、四十二、三といえば当時は初老とも思える壮年で、世の中の酸い甘いをわかっている年齢の男が、余裕綽綽《しゃくしゃく》と笑いながら店先に腰を掛ける。

　このたった一行半のプロフィールを描くために、下手な作家なら一枚を費すであろう。主人公登場の手本のような文章である。

　それにしても、大正六年に発表されたこの一篇が、少しも古さを感じさせないのはどうしたことであろうか。明晰さは平易さに通じ、その平易さが物語の永遠の生命を保証しているのだと、私は思い知らされた。

『右門捕物帖』の第一回「南蛮幽霊」が発表されたのは昭和三年である。佐々木味津三の文体には独得の知的な生硬さはあるが、やはり読みやすい。

> 刻限はちょうど晩景の六つ下がりどきで、ぬんめりとやわらかく小鬢をかすめる春の風は、まことに人の心をとろかすようなはだざわりです。

などという情景描写は、まさしく艶にして閑浄、作家のセンスのよさを感じさせる。

ちなみにこの昭和三年という年は戊辰にあたる。すなわち明治維新から六十年の還暦ということで、さまざまの史談会が催されたり、歴史小説が発表されたりしたらしい。子母澤寛の「新選組始末記」も、この年の刊行である。そうしたブームの中で、この『右門捕物帖』もさぞかし多くの読者を得たであろう。

久生十蘭の作品はほとんど読んだことがなかったのだが、『顎十郎捕物帳』の第一回「捨公方」を一読して俄然読破してやろうと思った。

同時代の作家と較べると、文学の素地がちがうのであろうか、まことにユニークである。文章のリズムがよく、構成がダイナミックで、しかもユーモアがあり、短い枚数の中にぎっしりとストーリーが詰まっていて無駄がない。そもそもが劇作家であり、長いフランス留学を経験していると知れば、なるほどと肯《うなず》けるところである。仮にモリエールが捕物帳を書けば、こういう出来映えになるのであろうと、私は勝手にこの型破りの小説を合点した。

柴田錬三郎の小説は子供の時分から好きで、全集まで持っているくらいだから、『貧乏同心御用帳』は読んでいた。

いったいどういう人であったのか、柴錬さんの小説には「天衣無縫」という言葉がふさわしい。この「南蛮船」にしても、冒頭の一行がまず、「まことに、奇妙な家であった」である。こんな書き出しは誰も思いつくまい。ことに、「まことに」のあとの「、」が絶妙である。しかも「まことに、奇妙な家であった」と書いた次の行に、いきなりカッコ付きの説明となる。天衣無縫である。あのしかめつらで、まるで一刀両断の剣でもふるうようにこの二行を書いたのかと思うと、やっぱり柴錬さんは人間ではない何者かだったのだと、しみじみ考えさせられる。

今でも私は、脳味噌が凝り固まったと感じたときは柴錬を読む。するとふしぎなことに、心の雲居が晴れて満月を見るような気分になるのである。

南条範夫の小説には、いつも理詰めの聡明さを感じる。収録された「伝法院裏門前」にしてもそうなのだが、さらりと書いたように見えて破綻がなく、すこぶる完成度が高い。この作品が御歳六十六歳の手になるのかと思うと、その明晰さ、そのつややかさに驚くばかりである。柴錬さんとはちがった意味で、真似ようにも真似ることができない。

伊藤桂一さんの作品は、主として戦記小説を読んできたので、捕物帳はこの「風車は廻る」が初めてであった。

決闘の場に臨む緊張のうちに、するりと現実を脱け出て、命を懸けることとなった女とのなれそめを語り、またするりと決闘の場に戻ってくる。このあたりの呼吸はまさしく名人芸である。

また、初めて肌をまじえたあとの、浜吉とお時の会話——。

「ここまで来ちまったもんなら、いっそ、一緒になりてえと思うんだがね。まさかあんた、茶屋女のつもりで、おれに抱かれてるのじゃないだろう」

「子持ちの後家には、なにかと、むつかしい世間体もあるんですよ。茶屋女を抱くつもりで、抱いてやってくださいな。あたしだって、好きなひとに抱かれるのは、それだけでもう嬉しいんですから」

ただならぬ達引《たつぴき》である。読みおえたあともこの短い会話が、巌《いわお》のように私の胸に残っていた。

こうした名ゼリフがあるからこそ、捕物帳は永遠なのである。作者は主人公の浜吉を、

「世間の底をみる眼をもっている」と評するが、実は作者自身がそういう眼を持っていなければ、捕物帳を書く資格がないのだと私は思い知った。

たしかにフィリップ・マーロウもサム・スペードも、小説の中に遊びがあって生

活ぶりが面白く描かれてはいるが、こうした「世間の底をみる眼」は、本邦捕物帳の固有の読みどころであり、文学の一ジャンルとして永遠に存在しうる理由なのであろう。

この一巻に収められた作品には、どれも気品と艶がある。かつては日本文学の必須要件とされたこの二点は時代とともに喪《うしな》われ、あるいは変異し、劣化し、錯誤されたのではあるまいか。

そうした意味で、捕物小説という伝統の分野は、その気品と艶とをおごそかに伝え続ける、清らな器なのではなかろうかと思った。

このたび復刊なった書物を前に、日本ペンクラブの畏敬すべき諸先輩方の作品をかくも勝手に評すること、恐懼《きょうく》のかぎりである。

〈読者の皆様へ〉

本書の収録作品の中には「気違い」「おし」「てんぼう」「いざり」「跛《びっこ》」「片輪」などの身体・精神障害者に対する差別語や、これに関連した差別表現があります。これらは現在では使用すべきではありませんが、作品が発表された時代には、社会全体として、差別に関する認識が浅かったため、このような語句や表現が一般的に使われており、著者も差別助長の意図では使用していないものと思われます。また、該当作の著者が故人のため、作品を改変することは、著作権上の問題があり、原文のままといたしました。（編集部）

集英社文庫

捕物小説名作選《とりものしょうせつめいさくせん》　一

2006年8月25日　第1刷

定価はカバーに表示してあります。

編　者　日本《にほん》ペンクラブ

発行者　加藤　潤

発行所　株式会社　集英社

東京都千代田区一ツ橋2—5—10

〒101-8050

電話　03（3230）6095（編　集）

（3230）6393（販　売）

（3230）6080（読者係）

印　刷　株式会社 廣済堂

製　本　株式会社 廣済堂

ISBN4-08-746073-8 C0193